PARPOT LE BIENHEUREUX

DU MÊME AUTEUR

Signé Parpot, Climats, 1994
Un amour de Parpot, Climats, 1996
Côté jardin, Climats, 1998
Les Ombres d'Hannah, Climats, 1999
L'insoluble problème de la présence sur terre, Climats, 2001
Survivance, Climats, 2002

Alain Monnier

PARPOT LE BIENHEUREUX

CLIMATS

À Juliette,

Barthélémy Parpot
18 rue Bayard
31000 Toulouse

Monsieur le Pape
Place St Pierre
Le Vatican
ITALIE

Toulouse le 20 mai 2000

Monsieur mon Cher Pape,

Je suis pauvre, logé très modestement dans une chambre, catholique et baptisé depuis que je suis tout petit. Je n'arrive pas à vivre normalement car je suis sans amis et sans épouse vu que les deux jeunes filles que j'ai aimées n'ont pas voulu me fréquenter pour la vie de couple à deux. A ce sujet, je tiens à vous préciser que je peux compter sur les doigts de la main moins deux doigts mes rapports intimes avec les femmes et aussi que je ne succombe pas à la tentation car elle coûte généralement très cher de nos jours et que je n'ai pas d'argent.

J'ai d'ailleurs renoncé à mes envies parce que je n'ai pas le courage de me battre avec les choses qui vont jamais comme on veut et que je préfère vivre à Toulouse avec le Revenu Minimum d'Insertion. Je ne me plains pas, mais je dois vous dire que même quand on vit seul avec renoncement consenti comme vos moines dans vos abbayes, on n'évite pas les questions embêtantes surtout à cause des femmes qui sont toutes nues sur les affiches.

Moi pourtant à force de réfléchir à ce qui ne va pas, j'ai fini par comprendre que le vrai malheur n'est pas de manquer de travail ou de ne pas avoir sa femme pour la vie. Le vrai malheur de la solitude humaine, c'est de ne pas avoir la Foi qui sauve l'homme et rend la vie facile sur notre terre comme au ciel. J'essaie par tous les moyens de croire en Dieu mais je n'y arrive pas, pourtant je fréquente assidûment les offices et je fais l'aumône aux plus pauvres que moi, qui ne sont malheureusement pas très nombreux si on regarde bien. Je mets aussi des cierges à brûler pour qu'ils m'éclairent, mais il y a toujours un de vos employés qui vient les éteindre dès qu'on a le dos tourné, et alors évidemment on y voit plus rien d'autant que moi je ne reçois jamais le moindre signe. Je comprends bien que Dieu a beaucoup de préoccupations plus importantes que de penser à moi qui suis justement sans importance. D'ailleurs je ne lui en veux pas, ni même à son fils ou à Vierge Marie Mère de Dieu, mais j'aimerais vraiment que vous me disiez ce que je dois faire et comment m'y prendre.

Je dois vous dire que j'ai déjà fait bien des efforts dont un déplacement à Lourdes et des prières de deux heures le dimanche matin sur les genoux qui font très mal ensuite. Les pèlerinages sont aussi très douloureux car on est entouré de gens illuminés qui ont l'air en extase avec leur maladie, tandis que moi qui ai toutes mes facultés de santé, je ressens rien, et c'est bien triste parce que j'en viens à croire que je suis un handicapé de la Foi en Dieu, ce qui serait plus horrible que tout.

Tout cela vous fait peut-être sourire, mais moi j'en souffre tous les jours, et je m'étonne que le Bon Dieu n'ait finalement pas plus de miséricorde que Claudine Courvoisier de Novembre 1990 qui a préféré ne pas être ma femme pour la vie. Au fur et à mesure que les mois passent, je suis de plus en plus triste de ne pas pouvoir connaître Dieu qui m'aimerait pour les siècles des siècles et moi pareil évidemment.

Souvent le soir quand je suis seul chez moi dans l'obscurité, je peux pas m'empêcher de trouver ça injuste. Alors je voudrais que Vierge Marie Mère de Dieu m'apparaisse, juste une fois, n'importe où comme par exemple devant ma commode, et ça résoudrait tout. Si vous pouviez interférer, ce serait très gentil car sans vouloir critiquer c'est facile de bien se conduire quand on a la Foi qui sauve sur terre comme au ciel, et d'être ensuite montré en exemple. Mais pour ceux à qui rien n'a été donné comme moi, c'est pas simple de vivre. Je veux bien croire que je n'en suis pas digne, mais sans dénoncer personne il y a autour de moi des gens qui ont la Foi et qui pourtant ne sont pas très sérieux avec la morale !

Je m'excuse de vous avoir agacé sans doute, et de vous écrire en français mais je ne connais pas les langues étrangères ni même l'italien, et encore moins le polonais. Mais s'il faut faire quelque chose de particulier pour avoir la Foi à durée indéterminée, je vous supplie vous et votre miséricorde, de bien vouloir m'écrire en m'expliquant comment il faut faire. Je m'appliquerai et je puis vous assurer que rien ne me rebutera.

Je vous prie de bien vouloir agréer, Monsieur mon Cher Pape, l'expression de mes génuflexions distinguées,

Barthélémy Parpot

SECRETAIRERIE d'ETAT
Section pour les Affaires Générales
Office de la Correspondance apostolique
I 00120 CITTA Del VATICANO

À l'attention de: Église Catholique en France
Secrétariat Général
3 Rue de l'Université, à Paris 7e

Transmission du courrier référence n° 10456 rédigé par Monsieur Barthélémy Parpot, membre de votre Église.

Le 30 mai 2000
L'Assesseur pour les Affaires Générales

Monseigneur Dellagata

Église Catholique en France
Administration
Relations Internationales
Croyance & Théologie
Communication
Intendance
Transmis le: 2 juin 2000.
À l'Église Catholique en:
HAUTE-GARONNE
Nos références: 10456/2089/156.

Barthélémy Parpot
18 rue Bayard
31000 Toulouse

Toulouse le 2 juin 2000

Ma chère petite Maman,

Je sais que ça ne va pas te plaire et que tu vas te retourner dans ta tombe du cimetière mais je dois te dire que j'ai écrit au Pape pour lui demander comment avoir la Foi qui sauve sur terre comme au ciel. Ça te choque sans doute mais tu ne dois pas oublier que la vie sur terre est difficile quand on est seul sans travail et sans l'épouse et les enfants qui vont avec. Je te rappelle aussi qu'on ne trouve pas de travail à durée indéterminée comme ça sous le sabot d'un cheval et que le travail n'a rien de miraculeux. Il évite la solitude mais il oblige à être avec des gens qui se moquent de vous quand vous êtes pas comme eux, et des fois on a pas envie d'être comme eux, même quand on croit en avoir envie. Je veux dire par là que je trouve souvent que les gens sont un peu méchants et tristes et jamais contents alors qu'ils ont tout pour rire et être heureux. Ils savent même pas comme ça peut être difficile ailleurs, même juste à côté de chez eux, pile en bas dans leur rue même, ou sur la place Belfort qui est à côté de chez moi. C'est même pour plus les entendre se plaindre que j'ai arrêté le travail et que j'ai décidé de revenir à Toulouse après le suicide d'Elsa, et puis entre nous le travail c'est aussi un grave problème quand on en a. Moi qui vois chaque matin les employés et les ouvriers descendre du train, je sais qu'ils sont pleins de fatigue avant même de commencer. Leurs yeux sont nulle part et leurs sourires sortent pas de leur bouche, et si on leur disait de rester chez eux, ça les dérangerait pas. La vraie vérité c'est que le travail est quelque chose de terrible parce qu'on en ait ou qu'on en ait pas, c'est tous les jours.

Mais ce qui est plus triste encore, c'est de ne pas avoir près de soi une femme qui vous fait rêver pour la vie. À mon âge, les autres ont déjà eu le mariage, et il y en a même qui en ont eu deux, et même trois parfois, mais personnellement je suis contre le divorce, parce que c'est une insulte à ceux qui n'arrivent pas à être mariés. D'ailleurs je comprends pas qu'on puisse renier ce qui vous a apporté tant de bonheur, comme les photographies dans le jardin public et l'air radieux de tous les invités le montrent bien.

Des fois je me dis que c'est fini pour moi, qu'il n'y a plus d'espoir, et puis d'autres fois quand je croise Lili et son sourire, ça me donne du courage et je reprends la route vers la gare. En vérité que je croise Lili ou pas, j'y vais tous les jours à la gare Matabiau. Elle est juste au bout de ma rue. De ma chambre, si je me penche, je vois l'une de ses tours blanches, celle où il y a un hôtel dedans, ce qui prouve bien que la gare est un lieu pour les rencontres, sinon ils auraient pas mis des chambres pour ça. Ça je le sais. Mais pour les chambres, on ne peut pas y aller seul parce que sinon on se regarde dans la glace et c'est pareil que chez soi du moins pour ceux qui ont un grand miroir.

J'attends celle qui va me dire qu'elle est venue à Toulouse pour aller dans l'hôtel de la tour blanche avec moi. Je l'attends toute la matinée sur tous les quais où arrivent les trains. Je connais les horaires par cœur et aussi les numéros des quais, et je passe de l'un à l'autre pour en rater aucun. Tarbes 8 h 04 quai n° 4, Narbonne 8 h 26 quai n° 1, La Tour de Carol 8 h 44 quai n° 4, Bordeaux 9 h 10 quai n° 1, Paris 9 h 12 quai n° 2, Ax les Thermes 9 h 29 quai n° 6…

Je me mets bien droit et souriant, en retrait du bord parce qu'il faut pas avoir l'air de vouloir monter vu que je suis là pour attendre, et je les regarde descendre au milieu de leurs valises. Le matin ils en ont pas trop car ils vont au travail. Ce sont les trains que je préfère parce que les voyageurs ne cherchent personne sur le quai et je me dis que forcément ce sera plus facile de repérer celle qui me remarquera. Après neuf heures, ils ont tous l'air d'arriver quelque part et ils sont tellement affairés qu'on a pas envie de les déranger. Le pire ce sont les garçons qui viennent attendre leur fiancée sur le quai. On dirait qu'ils savent toujours dans quelle voiture elles sont montées car ils ne se ratent jamais alors que moi je les rate toujours, et en rentrant je suis triste.

Mais un jour, il y en aura une qui m'apercevra contre la rambarde, en train de l'attendre et elle se précipitera vers moi. C'est pas possible autrement. Je suis sûr que les trains sont remplis de femmes qui espèrent qu'un homme est venu les attendre sur le quai. Seulement elles savent pas comment il est, et bien sûr elles ne me reconnaissent pas ce qui fait que tout ça peut durer bien longtemps. J'ai essayé le bout du quai, près de la cabine téléphonique et aussi devant les escaliers qui conduisent à la sortie. Il y en a déjà plein qui m'ont vu et qui ont remarqué que j'étais là tous les matins, elles ont dû se dire que j'étais un grand amoureux comme Iseut, sauf que je suis le garçon, pour venir tous les jours comme ça. Évidemment elles ont pas imaginé que c'était elles que j'attendais parce que ça leur aurait paru trop beau. Mais à force que personne ne fasse le premier pas, moi je risque de monter dans aucun train.

Je reste jusqu'à celui de Marseille à 9h43 quai n° 1, après je vais te voir au cimetière de Terre Cabade où mon frère a eu la bonne idée de te faire transporter pour être plus près de nous, puis je rentre chez moi en m'arrêtant à l'église de l'Immaculée Conception. L'église est vraiment un bon moment de ma vie de maintenant car je trouve que c'est bien joli dedans avec une bonne odeur de cierges même si le sacristain est tout le temps à les éteindre, et des dorures partout, et surtout le silence de recueillement qui tombe sur tout le monde sans distinction, même sur ceux qui comme moi ne savent pas croire au Saint Esprit, à Jésus et aux autres. Le pire ce sont les gens à genoux en prière qui regardent Vierge Marie Mère de Dieu avec ferveur et contentement alors qu'ils ont pas toujours l'air bien gâté par les choses de la vie. Moi aussi j'aimerais croire en Vierge Marie surtout si elle voulait bien m'apparaître juste une fois, par exemple devant ma commode le mois prochain, à n'importe quelle heure bien sûr, et comme ça je pourrais louer le Bon Dieu Créateur du Monde, de toutes mes forces et avec tous les sacrifices que je pourrais imaginer pour lui faire plaisir, parce que j'aime bien faire plaisir, ce qui est aussi un malheur de ma vie d'aujourd'hui car je n'ai personne à qui faire plaisir.

Malheureusement je ne sais pas si ça sera possible parce que le Pape lui-même a l'air bien embêté pour me conseiller vu qu'il ne se presse pas pour répondre à ma lettre. Peut-être qu'il a des trucs pour lui mais que ça marche pas pour les autres, et puis il doit avoir tellement de demandes que j'aurais mieux fait de m'adresser à ses collaborateurs.

Bon je vais arrêter ma lettre ici. Tu dois encore penser que je t'écris les mêmes choses mais c'est surtout parce qu'il m'arrive toujours les mêmes choses, et puis ce n'est pas grave car il n'y a que toi qui le sais et que ça me fait du bien de me prouver les choses de la vie. L'important quand on écrit, c'est de ne pas mentir, et au bout d'un moment, les mots finissent par vous consoler de tout ce qui ne va pas et qu'on ne peut pas changer. Je t'embrasse, et je viens te voir demain matin avec de nouvelles fleurs pour remplacer celles de lundi.

Ton fils dévoué Barthélémy

Evêché de Toulouse
Groupe de la communication
12 allées de Narbonne — 31000 Toulouse
Certifié Iso 9001 version 2000 par l'AFAQ

À l'attention de: Père Dominique Pénide
Basilique Saint Sernin
Place Saint Sernin – 31000 Toulouse

Transmission pour action à mener du courrier référence n° 10456/2089/156 rédigé par Monsieur Barthélémy Parpot, membre de notre diocèse, et reçu à la Section des Affaires Générales de la Secrétairerie du Vatican.

Nous pensons qu'il faut écrire à cette personne et l'encourager à venir nous rencontrer.

Son approche est assez troublée, mais il est nécessaire, malgré les surcharges de votre mission que nous connaissons parfaitement, de faire l'effort de lui consacrer un peu de temps et de l'orienter, selon votre meilleur jugement et selon nos nouvelles procédures, soit vers nos structures, soit vers celles de la psychiatrie de la ville.

Merci d'agir avec circonspection et célérité, car il serait malvenu dans les circonstances actuelles, qu'une deuxième lettre parvienne à Rome comme nous pouvons le craindre.

Le 10 juin 2000
Le Secrétaire Permanent

Frère Sempéré

Barthélémy Parpot
18 rue Bayard
31000 Toulouse

Toulouse le 14 juin 2000

Ma chère petite Maman,

Tu ne peux pas imaginer comme il faisait chaud ce matin sous la verrière de la gare Matabiau. C'était à mourir, même que les gens de la SNCF, les cheminots ils s'appellent entre eux, suaient à grosses gouttes ce qui est rare, vu qu'entre nous ils ont l'air bien nombreux pour bouger quatre colis et deux vélos, mais on peut pas leur reprocher de lutter contre le chômage même si pour moi-même finalement ça ne change rien. C'est drôle que pour favoriser le travail, il faut plein de gens qui fassent rien. De toute façon s'ils voulaient se mettre tous les huit pour descendre les deux vélos, ils se gêneraient et peut-être même qu'ils finiraient par se disputer. Alors ceux qui descendent pas le vélo, ils se moquent de moi. « T'es encore là à attendre ? », « Elle viendra pas », des choses comme ça qui font de la peine même si c'est pas dit exprès. Mais moi qui sais comment est ma vie, c'est forcé que ça me tire des larmes que je dois cacher parce qu'un homme ça ne pleure pas. C'est papa qui m'avait expliqué ça avant de mourir. Il était cheminot lui aussi à attacher les wagons, et moi je donnerais tout ce que je n'ai pas encore pour qu'il soit là à m'expliquer les choses, parce que j'avais six ans quand il est mort et qu'il avait pas eu le temps de tout me montrer.

Finalement je me demande s'il n'y a pas trop de monde dans les grandes gares et si ça perturbe pas ma tactique. Parce que les filles c'est comme les psychiatres, si elles vous voient tout le temps c'est comme si elles vous voient jamais.

Le pire, c'est tout de même celui qui est chargé de l'accueil et de renseigner les passagers sur le quai. Il est très fier de sa casquette qui a une bande orange, et bien sûr tout le monde vient lui parler à cause de son uniforme, alors que moi qui suis souvent à moins de deux mètres de lui, tout le monde m'ignore. Je le regarde faire et ça l'énerve beaucoup. Il fait le beau avec les jolies filles, et il est pas très gentil avec les autres qui sont moins belles. Et des fois, il porte le sac à dos des jolies suédoises et des belles italiennes, mais jamais il fait passer une valise bourrée d'une mémé de l'Ariège, alors que moi c'est toujours le contraire. Il essaie même de donner des rendez-vous aux filles, et comme je suis toujours là à le regarder et à froncer les sourcils quand il fait des choses qui sont pas reconnues dans le service, il me déteste. Par deux fois il est allé voir le chef de gare contre moi. Mais bon c'est un lieu public, et comme il est prouvé que je me conduis bien sans importuner personne, et que ceux de la CGT qui descendent le vélo à huit, ont témoigné en ma faveur parce qu'ils peuvent pas encadrer celui à la casquette barrée d'orange, le chef de gare a fait machine arrière toute.

Il y a des jours où c'est une fille qui est chargée de l'accueil, ils la mettent aussi en uniforme ce qui ne lui va pas bien, mais elle est gentille. Je vais souvent lui demander des renseignements. Elle n'est pas sotte, elle sait très bien que c'est juste pour parler, parce que les renseignements sur les trains j'en sais plus qu'elle. D'ailleurs des fois, quand elle est trop coincée par une question vache, elle vient me demander discrètement, et moi je lui souffle la réponse. Au bout de quelques semaines, elle a accepté de me dire qu'elle s'appelait Sylvie. Moi je lui ai dit que je m'appelais Barthélémy au lieu de Jean-Pierre comme prévu. Ça a été une plaisanterie de mon père qui a cru malin dans l'euphorie du moment de faire le drôle, mais quand la bêtise est faite vous pouvez rien contre l'état civil. D'ailleurs ils ont bien raison d'être rigoureux sinon comme on connaît les gens, ce serait la foire d'empoigne et ils seraient à toujours vouloir changer sans bonne raison parce que ça leur plaît pas ou qu'ils se lassent de tout. C'est d'ailleurs ce que j'aime pas chez les gens. Ils ont tout de suite assez de ce qu'ils ont et je trouve que c'est une injure à ceux qui n'ont rien et qu'on entend pas se plaindre vu que ce sont les autres qu'on entend. C'est comme ça même si c'est pas juste, et on se demande pourquoi le Créateur du Monde, notre Bon Dieu, ne va pas y mettre un coup de balai dans la fourmilière.

À ce sujet, je n'ai toujours aucune réponse du Pape et j'ai décidé d'écrire à d'autres experts des questions de Dieu. D'ailleurs je vais commencer tout de suite car il faut que je m'applique et que je fasse bien attention à ce que je leur dis. Je t'embrasse très fort.

Ton fils dévoué Barthélémy

Barthélémy Parpot
18 rue Bayard
31000 Toulouse

Monsieur l'Imam
Mosquée de la Farouette
17 rue des Pradettes
31500 Toulouse

Toulouse le 15 juin 2000

Cher Monsieur l'Imam,

Je suis un catholique modeste, logé dans une pauvre chambre et sans travail, et sans la Foi en Dieu qui sauve car elle ne m'a pas été donnée, et les curés n'arrivent pas à m'expliquer comment y arriver. Comme il me semble que l'Islam a beaucoup de succès en ce moment et qu'on en parle beaucoup à la télé, je me permets de solliciter votre aide pour avoir la Foi et pouvoir croire sincèrement avec obstination et abstinence.

C'est Monsieur Mouloud du Café des Sports qui m'a donné votre adresse et qui m'a conseillé de vous écrire, car il est lui-même musulman et il m'a dit beaucoup de bien de votre religion.

Moi je n'y connais pas grand-chose sauf ce qu'on entend dire à droite et à gauche mais je suis prêt à faire tous les efforts nécessaires pour rencontrer votre Dieu si seulement vous acceptez de m'initier et de m'accueillir parmi vous bien que je sois baptisé catholique.

Je suis un homme dévoué et attentif qui récite consciencieusement les prières et qui a suivi les cours du CNAM en comptabilité. Je suis prêt à aimer mon prochain et surtout ma prochaine, et je suis persuadé qu'il n'y a que la Foi qui sauve l'homme et lui rend la vie acceptable sur terre malgré tout ce qui ne va pas.

J'espère que vous voudrez bien me répondre et je vous en remercie vivement par avance.

Je vous prie d'agréer, cher Monsieur l'Imam, l'expression de mes prosternations les plus distinguées.

Barthélémy Parpot

Barthélémy Parpot
18 rue Bayard
31000 Toulouse

Toulouse le 17 juin 2000

Ma chère petite Maman,

Il m'est enfin arrivé quelque chose ce matin à la gare, et tu ne vas pas pouvoir dire que je t'écris toujours les mêmes choses que tu sais déjà. Tu te rappelles que je t'ai souvent dit que j'aime beaucoup les trains des pèlerins qui viennent à Lourdes du monde entier. Le plus souvent ils arrivent tôt le matin, ils sont tout fripés, enfin je veux dire les gens parce qu'ils ont dormi dans le train, et on voit des polochons qui dépassent. Ils cherchent toujours quelque chose, de l'eau, leur voisin, un chariot et ils s'agitent dans tous les sens. C'est facile de leur rendre service et de parler avec eux. Surtout que quand on vient du fond de l'Italie ou de la Pologne, on croit que Toulouse c'est à côté de Lourdes et ça les rend fébriles. Ce matin, je suis allé chercher de l'eau d'Évian pour une bonne sœur polonaise de Silésie qui avait peur d'y aller et que le train parte pendant ce temps comme dans les films. Moi je savais que son train en avait pour une heure, mais je me suis bien gardé de le lui dire. J'ai filé en courant et je lui ai ramené aussi un croissant. Elle a été touchée et on s'est mis à bavarder même que j'en ai oublié de courir de quai en quai pour attendre mon amour.

Cette petite bonne sœur était très jolie avec des lunettes en fer toutes rondes et des boucles blondes qui s'échappaient de son voile. Elle s'appelait Galipsina, et je savais bien qu'il était pas question de l'emmener dans la chambre de la tour de la gare, ni même promener un peu pour lui montrer Toulouse parce que la rue qui est en face la gare, c'est la rue Bayard où il y a des prostituées et je pouvais pas passer là avec elle. Galipsina avait l'air jeune, d'ailleurs elle avait vingt-deux ans ce qui m'a assis de surprise. Non pas qu'on puisse avoir vingt-deux ans mais d'être déjà l'épouse du Christ, ou la concubine plutôt parce qu'elles sont nombreuses sur le coup. Elle parlait français, à cause de sa mère, et moi je parlais pas polonais. Le speaker a annoncé que pour des raisons spéciales le train de Lourdes ne partirait pas avant midi. Moi ça m'a fait chaud au cœur, mais Galipsina s'en est émue à cause des malades qu'elle accompagnait. Je sais pas si elle avait peur de rater le miracle parce que des fois dans les voyages organisés si on rate ce qui est prévu à l'heure on rate tout. Après Galipsina s'est détendue, elle a même défait un bouton parce qu'il faisait chaud sous la verrière de la gare malgré l'heure matinale. J'entendais les trains arriver mais Galipsina me plaisait tellement que je ne bougeais pas, surtout qu'on commençait à bien rire tous les deux en regardant celui qui accueille avec la bande orange. Il avait l'air furieux de me voir heureux et moi je comprenais pas parce que ça lui enlevait rien et que d'habitude c'était pile le contraire.

Galipsina connaissait tellement peu de choses de la vie moderne et elle avait tellement de questions à me poser que je me suis dit que le temps allait durer pour nous. Il commençait à faire très chaud et elle a voulu partir faire boire les malades qu'elle avait en charge mais une accompagnatrice lui a dit qu'elle s'en occupait et je l'ai bien bénie bien que je sois pas qualifié. Je lui apprenais aussi du français et mon histoire de papa qui s'était fait la malle et tout ça de la vie difficile en occident de l'Ouest même si on croit que toutes les misères sont réservées à l'Est. Il fallait qu'elle comprenne que j'étais comme un Polonais de Toulouse et que donc on était proche ce qui était vrai. D'ailleurs elle m'a dit que j'étais un être pur, aimé de Dieu, mais j'en demandais pas tant parce qu'on peut pas tout avoir d'une seconde à l'autre d'un coup de phrase magique. Moi j'imaginais plutôt des marches à gravir par exemple avec elle. Je le lui ai dit vu qu'il est écrit dans la Bible que « Qui ne tente rien n'a rien ». Faut aussi ajouter pour être bien précis que « Qui tente peut aussi rien avoir », sinon ça se saurait et ce serait trop facile. Galipsina a éclaté de rire en me prenant dans les bras, mais elle m'a dit qu'aimer Jésus c'était comme aimer tous les hommes à la fois, mais pas charnellement. Alors j'ai dit ce que Jean-Louis dit parfois, aimer tout le monde ou personne c'est pareil, et que c'était contraire à ce qu'elle voulait. Elle a encore ri, mais elle trouvait que c'était de la mauvaise théologie, et que finalement le seul homme qu'elle pouvait aimer sur cette terre était Karol Wojtyla, un Polonais comme elle avec un nom à coucher dehors. J'ai aussitôt ressenti une jalousie intense comme jamais j'en avais eu, et qui est bien décrite dans les livres où il est question de gens qui s'aiment. Ce qui prouvait bien que j'étais sur le bon chemin de l'amour avec les embûches nécessaires, et je me suis mis à détester ce Polonais, tous les Polonais qui sont des antisémites comme chacun sait et surtout Jean-Louis qui a fait des études d'histoire précises rien que pour savoir ce qui avait conduit ses vieux grands-parents en fumée. Après ces mauvaises pensées, j'ai eu honte et je lui ai demandé pardon. Il s'est alors produit un miracle, inattendu comme tous les miracles sauf qu'on arrête pas d'en attendre. Elle s'est mise à me regarder étrangement et au fur et à mesure elle s'est agenouillée devant moi, même que c'était assez gênant surtout devant tout le monde, elle m'a pris la main, puis tout en m'embrassant les doigts, elle a dit des trucs sur les Bienheureux. Et aussi que j'étais un envoyé de Dieu. J'ai dit que je croyais pas et elle m'a dit que c'était bien la preuve car aux innocents les mains pleines. Finalement j'ai pas été contre mais je savais pas à quoi ça donnait droit, je veux dire question de la chambre dans la tour blanche. Galipsina était toujours agenouillée devant moi et alors le miracle exact c'est qu'elle a appuyé ma main contre son sein. J'en avais les doigts cramoisis mais le contre miracle s'est vite précipité sur moi. C'était la Mère Supérieure qui est arrivée en hurlant des choses incompréhensibles, et Galipsina s'est relevée toute honteuse. La vieille n'avait pas le regard tendre, mais plutôt à envoyer toute la section CGT de Haute-Garonne en enfer. Elle a dit en mauvais français que ça suffisait, qu'il y avait déjà eu le contrôleur de Berlin, le porteur de valises de Lyon, que le monde était pitoyable mais pas à tout bout de champ non plus. Et que les hommes étaient des menteurs. Alors là, j'ai relevé la tête un peu furieux et je lui ai dit que je ne mentais jamais. Elle m'a regardé, son regard dur s'est un peu ramolli, et elle a dit qu'elle voulait pas me blesser et qu'elle était sûre de ma pureté en moi mais que Galipsina était un être fragile qu'elle devait protéger d'elle-même. Elle a aussi dit que Galipsina n'était pas encore une vraie nonne mais comme en CDD.

Heureusement le speaker a annoncé que le retard était fini ce qui a fait diversion parce que tout le monde nous dévisageait et moi je détestais ça. Le train allait bientôt repartir. Galipsina me regardait. Elle m'a demandé pardon parce qu'elle comprenait parfois mal. Et moi j'étais fou parce qu'elle s'excusait de mon bonheur qui était le premier depuis que je venais dans cette gare. Je commençais à détester de la laisser ainsi partir et je suis allé demander au Ruban Orange si on ne pouvait pas faire partir d'autres trains avant comme le 11 h 39 de Saint Girons ou le 11 h 50 de Narbonne, mais il m'a envoyé à la pêche. J'ai supplié Galipsina de m'attendre que je revenais tout de suite, et j'ai couru comme un fou dans une cabine dans le souterrain. Dehors ça s'agitait mais c'était ma seule chance d'un peu de bonheur. J'ai fait le numéro de la gare. Une voix a décroché, et j'ai dit que j'étais un fou et que j'avais mis une valise de bombes dans un des trains et qu'il allait exploser. Et la voix m'a répondu en riant « Arrête tes conneries Barthélémy ! »

Quand je suis revenu sur le quai, le train de Lourdes était prêt à partir. J'ai couru jusqu'au wagon de Galipsina qui était penchée à l'une des fenêtres. Elle m'a dit « mon amour » ce qui est fort comme mot même quand il est générique. Générique, ça veut dire qu'on vous le dit à vous mais que ça concerne beaucoup de gens et pas que vous en particulier comme vous aimeriez bien. Moi je lui ai glissé un de mes papiers avec mon nom et mon adresse dessus car j'en ai toujours dans mes poches des fois que. Puis le train s'est ébranlé et en même temps j'ai eu envie de lui offrir quelque chose, je ne savais pas quoi mais heureusement j'ai eu l'idée de lui offrir la fleur séchée que tu m'avais donnée quand j'avais eu dix ans. Je l'ai sortie de mon portefeuille et je suis parti comme un fou en courant le long du quai. J'ai réussi à la lui donner du bout des doigts mais j'ai bien failli m'écrabouiller sur un poteau métallique. J'y suis passé à un centimètre, même que Lulu de la CGT qui a tout vu m'a dit que ça a été un vrai miracle !

Voilà je t'ai tout dit, ensuite j'ai longtemps regardé la voie ferrée vide mais je n'étais pas triste. Aujourd'hui en t'écrivant j'ai l'impression de revivre cette merveilleuse matinée et je suis content même si je sais bien que Galipsina est partie pour toujours. Je crois que je te raconterai encore souvent cette rencontre dans mes lettres car je sais que ça t'est égal que je t'écrive les mêmes choses et moi ça me fera du bien.

Je t'embrasse ma petite maman et je vais continuer à penser en moi-même à ce bon moment de ma vie.

Ton fils dévoué Barthélémy

Père Dominique Pénide
Basilique Saint Sernin
Place Saint Sernin – 31000 Toulouse

À l'attention de :
Barthélémy Parpot
18 rue Bayard
31000 Toulouse

Le 17 juin 2000

Mon Cher Frère,

J'ai lu avec infiniment d'attention et de sympathie la lettre émouvante que vous avez adressée à notre Saint Père le Pape Jean-Paul II. Lui-même en a été ému et a chargé l'Archevêché de répondre dans un esprit de charité et de fraternité aux questions qui vous tourmentent.

Je suis le prêtre de votre paroisse, et c'est donc moi qui naturellement m'adresse à vous et vous engage à venir me rencontrer.

Vous exposez avec beaucoup de simplicité et de dignité les souffrances de votre vie et les errances de votre âme intriguée face au mystère de la foi.

Vous posez aussi le problème du mal et de la souffrance imméritée du Juste. Avant vous, bien avant vous, Job criait également à Dieu son indignation face au malheur innocent.

Dieu n'est pas resté sourd au scandale de la souffrance. Pour y répondre, il nous a donné son fils, mais je vous en reparlerai.

Vous dites fréquenter assidûment les offices en vain.

Votre recherche n'est pas vaine. Dieu la voit. Vous ne le voyez pas mais il se tient à vos côtés, souffrant avec vous à chacune de vos plaintes. Dieu vous habite. Un Jour, nous ne savons pas quand, cette présence en vous sera une évidence. Elle vous sera révélée.

Continuez d'avancer courageusement dans le noir. Vos doutes vous honorent. Les plus grands de nos saints les ont connus. Saint Jean de la Croix, cet immense mystique, avant d'accéder à la Foi totale a traversé ce désert. Il l'a appelé « la nuit obscure de la Foi ».

Ce moment aveugle où l'on frappe à la porte de la grâce est un passage obligé pour chacun de nous. Mais ne craignez pas, un jour la Foi surpassera la raison et les raisons multiples et authentiques qui vous font douter aujourd'hui.

Vous avez déjà l'attitude d'un chrétien. Vous faites l'aumône, vous priez. La Foi vous sera donnée en prime. Vous ne ressentez pas encore l'effet de cette grâce mais vous êtes en chemin vers le Christ. Et lui-même marche vers vous et vous tend les bras.

La Foi est une chose terrible, une immense responsabilité dont nous devons rendre compte devant Dieu. Ne soyez pas pressé de croire. Attendez l'heure humblement. Le Christ, Notre Seigneur, lui-même, nous a dit « Nul ne connaît l'heure ! »

Sachez seulement que vous n'êtes pas seul sur votre chemin caillouteux, Dieu nous a tendu la main en nous envoyant son précieux fils pour répondre à la souffrance des hommes.

Le Christ s'est incarné pour partager notre dure condition, pour être plus proche encore de l'homme, cela afin de nous aider à comprendre que l'amour de Dieu n'est pas une idée abstraite et lointaine.

Notre Dieu n'est pas un Dieu sourd, cruel, inaccessible, mais un Dieu d'amour.

Il n'est pas venu à nous sur un trône triomphant mais sous la forme d'un messie souffrant, humilié, crucifié par et pour les hommes.

Ce Christ qui est Dieu, nous a aimés jusqu'à mourir pour nous.

Continuez de prier, scrutez la croix, faites le vide en vous. Rendez votre esprit pauvre, faites de la place pour Dieu. N'attendez pas forcément une réponse en ce monde.

La force que nous donne la prière est déjà une réponse en soi. Elle nous permet de comprendre intimement, intérieurement, ce que nous ne pouvons voir dans la réalité. La prière élève l'âme et si une âme s'élève, le monde s'élève.

Continuez de prier inlassablement. Dieu vous entend. Il écoute chacun de nous.

Moi-même je vais prier pour que l'Esprit Saint vous éclaire dans votre tourmente, mais surtout ne craignez pas de venir à ma rencontre. Il suffit de sonner à la porte qui est à droite au fond de la nef. Je vous attends, Cher Barthélémy Parpot, mon frère en Jésus Christ, et ensemble nous évoquerons les béatitudes.

Que Dieu vous garde et vous protège !

Père Dominique Pénide

Barthélémy Parpot
18 rue Bayard
31000 Toulouse

Père Dominique Pénide
Basilique Saint Sernin
Place Saint Sernin
31000 Toulouse

Toulouse le 21 juin 2000

Mon Père

Je vous remercie de votre bonne lettre et de tous les signes de cette journée parce que je sens que vos prières ont déjà des effets rudement miraculeux! Grâce à vous et à votre intervention, le Bon Dieu m'a envoyé des messages et ça ne m'étonnerait pas que Vierge Marie m'apparaisse un de ces quatre matins.

Je pense sincèrement sans vouloir m'avancer vu que les voies du Seigneur sont impénétrables que c'est Vierge Marie Mère de Dieu qui devrait venir, plutôt que son fils ou qu'un ange Gabriel, parce que ce ne sont que des femmes qui m'ont fait les signes.

Il y a d'abord eu Galipsina qui a été très claire et sans ambiguïté, pas comme les trucs obscurs des prophètes Isaïe ou Jérémie que j'ai pas lus mais dont on dit beaucoup de bien. Elle a bien dit que j'étais l'élu de Dieu, et comme elle est bonne sœur même si c'est encore en CDD, elle sait forcément de quoi elle parle. J'espère qu'elle va m'écrire ce qui serait un signe réellement miraculeux entre tous mais ce ne sera pas facile à cause de la sorcière qui la surveille et qui n'a aucune compassion pour le genre humain. Ça se voit rien qu'à ses yeux qui font peur, d'ailleurs si je peux me permettre un conseil, votre Pape devrait surveiller davantage les gens qu'il embauche et faire passer des tests et des entretiens plutôt que se fier à des curriculum vitae mensongers, parce que c'est sûr que les diplômes en théologie ne prouvent pas plus la bonne foi que les diplômes en comptabilité prouvent l'honnêteté.

Puis il y a eu une deuxième femme dont je sais pas le nom et qui est plus compliquée. Ça a à voir avec le Mystère et l'Hyperbole, et je me permets de vous le raconter des fois que vous puissiez m'éclairer. C'était dans l'église de l'Immaculée Conception où je passe chaque matin. Il y avait au milieu des vieilles femmes de d'habitude une Belle Croyante en prière, toute blonde, en robe blanche et ceinture de cuir, bien maquillée et recueillie et très belle comme une envoyée de Dieu évidemment. Je l'ai regardée avec beaucoup d'émotion et avec la certitude qu'elle était là pour moi mais elle ne me voyait pas alors je suis allé à côté d'elle à genoux pour prier pareil et à un moment j'ai vu des larmes glisser sur ses joues, preuve du miracle parce que les jolies femmes ça méprise le monde et ça ne pleure jamais. Elle s'est ensuite relevée et elle est passée derrière moi en disant « Pardon Monsieur ». Je vous répète qu'elle a bien dit « Pardon Monsieur ». Vous ne vous en rendez peut-être pas compte parce que vous vous intéressez pas aux préoccupations terrestres, mais normalement une jolie femme ne me dit jamais « Pardon Monsieur » et c'est bien une Hyperbole de s'excuser d'être si jolie et de se rendre compte que ça peut faire du mal à autrui de la voir si belle.

Il faut reconnaître que ce sont deux exemples pour l'édification qui arrivent dans la même semaine après des centaines de semaines sans rien absolument rien. Il faudrait que vous continuiez à prier pour moi et si c'est pas trop vous demander que vous vous débrouilliez pour que Vierge Marie Mère de Dieu m'apparaisse. C'est sûr qu'après je pourrai me mettre à croire sans tous les mauvais doutes qui m'en empêchent. Je serais prêt à commencer avant de l'avoir vue, mais il y a toujours ma mère qui se dresse pour me répéter « Ne crois que ce que tu vois » parce qu'elle était marxiste bien qu'elle n'ait pas plus rencontré ce monsieur Marx que Jésus ou Jéhovah, mais on peut pas lui en vouloir parce qu'à force que personne ne vous fasse de signes précis, on peut se tromper. Évidemment vous serez le premier informé quand Vierge Marie Mère de Dieu m'apparaîtra Pleine de Grâce et je ne manquerai pas de lui dire beaucoup de bien de vous, je vous le promets. Je vais aussi écrire au Souverain Poncife pour également le remercier.

Je vous prie d'agréer, mon Père, l'expression de mes plus cordiales soumissions.

Barthélémy Parpot

« *Ach-hadou anne laa ilaal-laah, oua ach-hadou anna mouhammadane raçouloul-laah* »

Mosquée de la Farouette
17 rue des Pradettes
31500 TOULOUSE

L'Imam Youssef Ibn Sliman

Cher Monsieur Parpot,

L'Islam est un message universel d'amour et de paix, avec des croyances, des valeurs et des règles, auquel n'importe quel être humain est libre d'adhérer à condition que ce soit de son plein gré.

Votre lettre témoigne de cette quête et de cette volonté, et cela suffit pour se présenter à Dieu car il n'est pas besoin d'être savant pour entrer en Islam. Le Prophète (Salut & Bénédiction sur lui) a dit « Dieu pardonne tous les faits passés à tout serviteur qui entre en Islam et devient bon musulman »

La conversion à l'Islam est simple, il n'y a pas de baptême ou d'autres choses compliquées. Le jour où l'on se convertit, il est demandé de prendre un bain complet et de se débarrasser de la pilosité qui est sous les aisselles et sur le pubis, puis il suffit de prononcer avec solennité la formule « Ach-hadou anne laa ilaal-laah oua ach-hadou anna mouhammadane raçouloul-laah » (j'atteste qu'il n'y a pas de divinité si ce n'est Dieu et que Mohammed est l'envoyé de Dieu) devant d'autres personnes car il s'agit d'un témoignage, et voilà c'est fini.

A partir de ce moment-là vous apprendrez peu à peu les règles morales et sociales et les règles du culte avec l'aide des autres musulmans. Il ne faut pas s'angoisser. Cela se fera avec beaucoup de douceur comme le Prophète (S & B sur lui) l'a recommandé.

Pour commencer, il vous suffit de savoir qu'un bon musulman respecte quelques règles simples. Il doit répéter « Il n'y a de divinité que Dieu l'unique et Mohammed est le messager de Dieu » et reconnaître que son but est d'aimer Dieu et de suivre les pratiques du dernier Prophète (S & B sur lui). Il doit réciter en arabe les versets rituels cinq fois par jour mais les demandes personnelles peuvent être dites en français. Il doit faire l'aumône à ceux qui en ont besoin, s'abstenir durant le mois du Ramadan de manger, de boire, et d'avoir des rapports sexuels avec son conjoint de l'aube au coucher du soleil, et aussi pour ceux qui le peuvent faire le pèlerinage à La Mecque.

Tout cela est facile, et la communauté des musulmans saura vous guider avec progressivité. Votre appréhension n'a absolument pas lieu d'être.

Enfin pour finir je veux soulever deux points dont vous avez peut-être entendu parler et qui pourraient vous inquiéter à tort.

On dit souvent que l'homme qui entre en Islam doit se faire circoncire, mais rien n'est si catégorique. Abû Hanifâ a dit que la conversion ne repose pas sur la circoncision et qu'elle ne peut pas être obligatoire, car le Prophète (S & B sur lui) a dit « Celui qui se convertit, qu'il se fasse circoncire », mais il s'agit d'un conseil plutôt que d'une obligation. D'ailleurs même les savants qui sont pour la circoncision, comme Ousmane Qayyim ou Ibn Umar, disent qu'au cas où l'âge ou l'avis médical sont défavorables, il ne faut pas le faire.

On dit aussi qu'il faut apprendre l'arabe. C'est vrai que l'Islam est lié à la langue arabe en raison de la révélation du Verbe coranique en cette langue, et aux origines arabes de Mohammed (S & B sur lui). Aimer la langue et la race arabe est d'ailleurs une condition à la plénitude de sa foi. Aussi il faut adopter un prénom arabe, il y en a de très jolis, mais l'apprentissage de l'arabe n'est pas une obligation. Il suffit d'apprendre les versets pour les prières, il y en a pas beaucoup et il existe d'excellents petits lexiques qui expliquent bien la prononciation. Ceci étant, l'Islam est universel et lié à aucune race.

Votre lettre et votre quête me semblent sincères. Vivre en Islam est facile et rend la vie facile et supportable. Commencez donc à répéter « Ach-hadou anne laa ilaal-laah oua ach-hadou anna mouhammadane raçouloul-laah » et Dieu commencera à habiter en vous et en votre cœur. Votre ami Mouloud a eu raison de vous encourager à venir me parler mais si vous êtes trop timide, venez donc avec lui pour la première fois à la Mosquée et ne vous tracassez pas.

Tout est facile et simple pour ceux qui ont le cœur pur et l'envie sincère de rejoindre Dieu et son Prophète (S & B sur lui). A bientôt Inecha Allah.

Youssef Ibn Sliman

LA DÉPÊCHE

PILLAGE DANS L'ÉGLISE DE SARRANT

La petite église médiévale de Sarrant a été visitée par des cambrioleurs dans la nuit de jeudi à vendredi. Plusieurs objets d'art sacré ont été dérobés et notamment une magnifique vierge sculptée en bois, remarquable par les deux larmes qui coulaient sur ses joues.

Qu'est-ce qui fait courir les cambrioleurs ? se demandent les gendarmes qui sont confrontés depuis plusieurs semaines à une bande de malfaiteurs qui pillent sans vergogne les églises de notre région. Ces établissements souvent isolés et peu surveillés sont une proie bien facile pour cette bande visiblement organisée qui agit en général la nuit. Ces individus s'emparent de belles pièces dûment repérées sans s'encombrer de ce qui n'a pas une valeur marchande reconnue.

Ainsi la nuit dernière à Sarrant, c'est vers 23 heures si on en croit le témoignage de notre sympathique libraire, qu'une fourgonnette aurait traversé à vive allure la ruelle du pont. Le curé arrivé sur les lieux le lendemain matin a trouvé la porte ouverte et ses trois plus beaux objets enlevés : un triptyque doré sur Sainte Catherine, une icône représentant le supplice de saint Didier et surtout la statue en bois de la Vierge Marie, dite dans le pays la « Vierge aux larmes »

Les gendarmes de l'Isle-Jourdain chargés de l'enquête, se sont mis en rapport avec leurs collègues qui travaillent sur des enquêtes similaires.

Il ne fait pas de doute que s'est constitué là un groupe qui agit pour honorer des commandes de particuliers ou de receleurs spécialisés dans le marché de l'art, et il ne serait pas étonnant qu'il s'agisse d'une filière qui alimenterait de riches collectionneurs anglo-saxons.

Une autre piste qui irait vers des réseaux intellectuels arabes du Moyen-Orient, en rupture avec l'islam intolérant de certaines couches populistes, a été également évoquée dans les milieux proches de l'enquête.

Rappelons que c'est la troisième vierge ainsi dérobée et que toutes ont la double particularité de ne pas tenir d'enfant et d'être en larmes. Sur ce dernier point, l'œuvre dérobée à Sarrant était la plus singulière et la plus émouvante de toutes.

Barthélémy Parpot
18 rue Bayard
31000 Toulouse

Toulouse le 27 juin 2000

Ma chère petite Maman,

Ça va t'étonner mais les signes de là-haut se multiplient à très grande vitesse et je crois bien que le Bon Dieu s'est mis en tête de s'occuper de moi. Si tout avance comme j'espère, je n'aurai plus à me poser de questions sans réponse ni à me mordre les joues pour résister aux péchés défendus, et je me moquerai de ne pas avoir tout ce que les autres ont, vu que j'aurai l'amour du Bon Dieu pour remplacer tout leur bazar.

En attendant je vais te raconter ce qui s'est passé et tu vas être bien obligée d'en convenir malgré ta mauvaise foi. Hier j'ai reçu une réponse de l'Imam de la Farouette qui veut bien m'aider également à avoir la Foi, ce qui prouve bien qu'On se mobilise enfin pour moi de partout. Mais le plus extraordinaire c'est que ce matin, après la gare, j'ai trouvé sur ta tombe une petite fleur jaune qui avait poussé pile devant le crucifix gris. C'est la première fois qu'une fleur sauvage pousse là, et en plus jaune comme celle que j'ai donnée à Galipsina. J'ai bien compris que c'était un message du Bon Dieu pour m'éviter les remords d'avoir donné un souvenir de toi, même si c'était à une bonne sœur.

Je l'ai cueillie délicatement, et je suis allé la ranger précieusement dans les pages de la Bible pour la faire sécher bien à plat avant de la mettre dans mon portefeuille. J'ai évidemment pris la Bible plutôt que le Catalogue de la Redoute ou *Autant en emporte le vent* qui sont les trois livres que j'ai chez moi. En plus à y repenser cette Bible était sans doute déjà un signe avant-coureur et précurseur, même si je ne m'en étais pas rendu compte à l'époque, vu qu'il faut être prévenu pour s'y reconnaître. C'est un peu comme si elle m'avait été apportée par les rois mages sauf qu'ils étaient deux dont une femme. Ils avaient frappé à ma porte et j'avais été très ému parce que personne ne vient jamais me rendre visite. Le monsieur était bien habillé avec un costume cravate et la dame avec un tailleur marron mais bien souriants tous les deux. Ils voulaient me parler de Dieu si j'avais quelques minutes à leur consacrer, et bien sûr je ne me suis pas fait prier. Ils sont entrés et ils se sont assis sur le lit parce que je n'ai qu'une seule chaise et j'imaginais pas qu'il la prenne sur ses genoux. Ils étaient vraiment bien gentils et ils ont commencé à me parler de Dieu en citant toujours des versets de la Bible qu'ils avaient l'air de connaître par cœur bien que ce soit un gros livre écrit tout serré avec des formules difficiles à retenir. Moi je les écoutais en acquiesçant puis je leur ai dit que je n'avais pas la Foi mais ça ne les a pas arrêtés au contraire, ils ont paru même très contents de pouvoir m'aider, ce qui prouvait bien qu'ils servaient à quelque chose sur terre parce que tout le monde se pose des questions sur ce que l'on fait là.

Ils voulaient me convaincre d'être de Jéhovah. Moi j'étais pas contre, au contraire mais je voulais savoir ce que ça changerait. Ils ont beaucoup hésité surtout quand je leur ai demandé si je saurais par exemple quel train il me faudrait attendre à la gare le matin… À bien m'en souvenir, c'est à partir de là qu'ils se sont regardés tous les deux et qu'ils ont commencé à avoir envie de partir, mais moi je voulais les garder parce que c'était la première fois que je voyais quelqu'un chez moi depuis dix-sept mois et quatorze jours. J'avais trouvé un truc infaillible pour me les retenir. Je veux dire après le Nescafé et les biscuits. Chaque fois qu'ils faisaient mine de se lever, en disant hypocritement qu'ils ne voulaient pas me déranger plus longtemps, je les suppliais de me parler encore de Jéhovah, et là ils avaient plus le cœur à partir vu que la plupart du temps, c'est elle qui l'a dit à un moment, les gens les mettaient dehors dès qu'ils parlaient de Jéhovah, alors pour une fois que c'était le contraire. Il n'empêche qu'au bout de deux heures, ils suaient et trépignaient sur mon matelas défoncé et j'ai vraiment vu qu'ils en avaient assez. D'ailleurs ils ont trouvé un argument imparable pour partir en bonne conscience, ils avaient le devoir de témoigner ailleurs. J'ai bien essayé de leur en redemander un peu, mais ils m'ont dit qu'ils reviendraient, peut-être pas eux mais des collègues à eux. Je leur ai dit que j'étais bien déçu qu'ils n'aient pas réussi à me convaincre, mais eux ils ont dit que ce n'était pas grave, qu'on pouvait pas réussir à tous les coups et qu'il fallait garder de l'espoir parce que j'avais des talents certains et qu'il était impossible que Jéhovah n'étende pas sa grâce un jour ou l'autre sur moi. Sur l'instant j'ai cru que c'était des mots pour se débarrasser de moi, mais quand j'y repense aujourd'hui je me dis qu'ils étaient sans doute des envoyés de Dieu.

D'ailleurs quand ils ont été partis il y a eu une immense solitude qui m'est tombée dessus. Il y a dans un passage de la Bible quelqu'un qui dit que « l'enfer c'est les autres », mais moi si je rédigeais l'évangile selon moi, je dirais que l'enfer c'est d'être seul et que personne ne s'intéresse jamais à vous. Seul le matin dans la chambre, seul au café où les gens rient entre eux encore qu'ils ne rient pas souvent, seul quand les amoureux se serrent l'un contre l'autre et que les jolies femmes n'hésitent pas à se pendre au cou des garçons comme s'il n'y avait personne autour. Et d'ailleurs elles doivent avoir raison puisque les passants n'y font pas attention ou en sourient. Il n'y a que moi que ça peine, parce que l'image du paradis quand on piétine devant la porte, c'est vite l'enfer.

De toute façon il ne faut plus que je me fasse du souci comme ça parce que dès que le Bon Dieu m'aura donné la Foi, je pourrai voir les amoureux enlacés sans avoir mal au cœur.

Je t'embrasse bien fort.

Ton fils dévoué Barthélémy

Père Dominique Pénide
Basilique Saint Sernin
Place Saint Sernin – 31000 Toulouse

À l'attention de :
Barthélémy Parpot
18 rue Bayard – 31000 Toulouse

Toulouse le 28 juin 2000

Mon cher fils,

Votre enthousiasme vous honore mais il convient de rester plus réservé, et si Dieu dans son infinie bonté nous fait souvent signe, il serait erroné de croire qu'il va déléguer la Sainte Vierge auprès de chacun de nous. Il nous a déjà envoyé son fils pour racheter nos péchés et nous confirmer sa bienveillante présence.

La Foi en Dieu consiste à l'aimer dans son Mystère même.

Avoir foi en lui, c'est croire en lui par-devers tout ce que nous ne savons pas… Il s'agit d'une exigence bien immense, mais c'est bien la seule chose qu'il nous demande. Le seul engagement qu'il attend de nous. Croire en lui.

Croyez en Lui et priez autant que faire se peut, chaque jour, chaque nuit, à chaque heure ! Inutile de traquer des signes ou d'espérer une quelconque apparition. À quoi lui servirait de se montrer encore quand on sait que l'incrédule, jamais satisfait, quémandera toujours de nouvelles preuves chaque fois soi-disant plus décisives et qu'il ne croira jamais !

Il n'est pas utile de me remercier et encore moins d'écrire une nouvelle fois au Pape. C'est dans votre cœur, dans votre âme qu'il s'agit d'humblement vous regarder. Je vous y engage fortement : n'écrivez plus, priez, priez seulement !

N'hésitez pas à lire et relire, et pourquoi pas à recopier, des passages de notre sainte Bible. Je vous ai parlé de Job qui me fait souvent penser à vous. C'est un texte difficile, mais les écritures sont un mystère insondable et souvent elles éclairent ceux qui sont dans la nuit.

Là est notre foi, là est notre courage, mais si cela ne vous convient pas, ce que je peux très bien comprendre, vous pouvez aussi essayer de regarder si dans d'autres religions, telles que le Bouddhisme actuellement si en vogue, vous ne trouveriez pas plus aisément votre voie.

Vous pourriez écrire au Dalaï-Lama, ou au responsable de leur confrérie du Quercy, je suis sûr qu'ils ne manqueront pas de vous répondre.

Il y a aussi le monde musulman et son Coran qui a des enseignements simples, ou encore nos amis les Juifs qui se penchent sur la Torah.

Ne restez pas figé, parcourez les pensées du monde, sollicitez-les, soyez curieux, écrivez-leur et arrêtez-vous pour faire un bout de chemin avec ceux qui parleront à votre cœur.

Père Dominique Pénide

P.-S. : Nos amis bouddhistes sont au Centre Bouddhique de Dhagpo Ming Kaygu, Cantemerle 46 800 Lascabanes. Le rabbin des Carmes s'appelle Chaikin, vous pouvez lui écrire au 3 allées Jean Jaurès (Bât 1 App.12) 31000 Toulouse.

Galipsina Walenska
Couvent des Ursulines
Rue des Saints Pères
65100 Lourdes

Barthélémy Parpot
18 rue Bayard, 31000 Toulouse, France

Cher Barthélémy Parpot de tous mes saints,

Je prie chaque jour ardemment notre Seigneur pour le remercier d'avoir permis à une pauvre pécheresse de vous connaître.
C'est une joie immense de vous porter désormais bien installé au chaud dans mon cœur et de savoir que votre sainteté éclairera pour toujours chaque jour de ma vie.
Pourtant je dois vous écrire en cachette car la Mère Supérieure de ma Congrégation ne l'entend pas ainsi et ne veut rien admettre de votre gentil et beau miracle.
La malheureuse a bien tort et me fait de la peine, mais à trop vouloir commander et ordonner la bonté on ne voit plus celle qui nous est offerte.
Pourtant je lui ai tout raconté en détail : la fleur séchée que vous m'avez offerte avec le sourire des Radieux par la fenêtre quand le train a démarré, comment je l'avais rangée sur mon livre de prière, et surtout comment au soir du pèlerinage j'ai retrouvé votre jolie fleur épanouie et toute fraîche.
Je suis allée la lui montrer en courant, mais j'ai

bien vite compris qu'elle n'était pas venue à Lourdes pour les miracles.
Depuis elle m'oblige à porter tous les matins la ceinture de cilice sous ma robe, et ça me gratte terriblement le ventre et les fesses que j'en ai des rougeurs, mais comme c'est pour vous je la supporte bien.
J'ai essayé de lui dire que vous étiez différent des autres hommes, que vous étiez un saint homme envoyé de Dieu, avec une infinie pureté pour montrer la vérité, comme en son temps Jésus Christ l'avait fait, mais elle n'a rien voulu entendre.
Permettez-moi, mon Saint Homme, de vous remercier pour ce beau et gentil miracle que vous avez fait pour moi. Il était tout simple et merveilleux comme je les aime, et j'en pleure de joie rien qu'à y penser encore.
J'aimerais vous demander une faveur si ce n'est pas trop prétentieux de ma part.
J'aimerais que vous soyez mon guide spirituel car le nôtre, le Père Jarowski, ne saurait avoir votre infinie bonté. Il serait plutôt vachard comme la Mère Supérieure à toujours prêcher le Bien, mais à ne rien voir quand il est là, à côté de lui.
Vous, vous êtes si proche de Dieu qu'au moins je serai sûre d'être mise dans la droite ligne du Seigneur et je vous jure de vous obéir pleinement et aveuglément.
Il ne vous faudra pas m'en vouloir si je ne comprends pas toujours vos enseignements. Je suis certes une fille de bonne famille mais pas la plus intelligente.

D'ailleurs pour que vous puissiez me guider avec discernement et à votre guise, je vais vous dire quelques mots sur moi.
Je suis la quatrième d'une famille de six enfants. Mon père est professeur de droit à l'université de Katovice et ma mère est une fervente catholique. Mes grands-parents maternels sont français et c'est pour ça que je connais votre belle langue.
Tous mes frères et sœurs sont professeurs, avocats, docteurs ou ingénieurs. Moi je n'ai rien su réussir à l'école même pas mon baccalauréat. C'est pour ça que ma mère en a profité pour m'orienter vers le Bon Dieu, ce qui est une bonne situation en Pologne de nos jours.
Je vous en dirai plus dans une prochaine lettre selon ce que vous me demanderez, enfin si vous acceptez d'être mon guide spirituel, mais j'ai confiance après ce beau miracle et cette merveilleuse fleur jaune que vous avez fait fleurir pour moi.
Il est presque matines et je vais devoir arrêter ma lettre. Je reste cependant avec vous car je prie en pensant à vous et à votre sourire de bienheureux. Le Seigneur est avec vous ! Je le sais.

Sœur Galipsina

Barthélémy Parpot
18 rue Bayard
31000 Toulouse

Père Dominique Pénide
Basilique Saint Sernin
Place Saint Sernin
31000 Toulouse

Toulouse le 3 juillet 2000

Mon Père

Je comprends bien qu'il vous faut être méfiant avec les signes de Dieu à cause de tous les faux espoirs et des gens qui veulent faire les intéressants, mais moi je vous jure que je suis sérieux. La preuve c'est que je viens d'avoir de nouveaux signes qui montrent qu'On m'a repéré et qu'On s'intéresse à moi. Je veux rien dire parce qu'On aimerait pas que je fanfaronne, mais ce sont des messages clairs apportés expressément par de vrais serviteurs du Bon Dieu et pas par des athées mécréants et menteurs !

Bientôt vous serez au courant et bien étonné comme moi quoique entre nous j'en demandais pas tant et cette histoire de Sainteté me fait peur. Moi je voulais juste être sûr que le Bon Dieu existe pour de bon, et ne plus m'inquiéter de rien puisque les derniers seront les premiers et qu'il est plus difficile au riche d'entrer au Royaume des cieux qu'au chameau de passer par le trou de l'aiguille. Et puis aussi je voulais être rassuré pour Maman et Elsa, parce qu'elles me parlent souvent mais elles ne me disent jamais rien de là où elles sont vraiment. C'est peut-être pour ne pas m'inquiéter mais ça finit par m'inquiéter encore plus, il ne faudrait pas que ça continue après la mort comme pendant la vie, parce que sinon l'éternité va être interminable.

Quand vous êtes sûr que le Bon Dieu vous aime, vous avez obligatoirement la joie et la force de tout supporter comme par exemple le matin quand vous avez pas envie de vous lever mais plutôt de pleurer sous la couverture, ou dans le bus quand personne ne se lève pour donner sa place à une vieille dame qui pourrait être votre maman et que vous pouvez quand même leur sourire parce que Dieu est avec vous. Il me tarde vraiment d'y être, et je vous jure qu'après la venue de Vierge Marie, je ne demanderai pas d'autres preuves comme vous dites, parce que ce serait être bien méfiant à la longue envers le Bon Dieu et même impoli. Je jure même de pas lui en vouloir de tous les mauvais moments qu'il m'a fait passer avec ma Claudine de Novembre 1990 ou avec ma pauvre Elsa.

Mais bon c'est pas pour ça que je vous écris mais pour vous signaler qu'une statue de la Vierge a disparu à Sarrant et qu'il est dit dans un passage de la Bible que « Rien ne se perd, tout se transforme ». Il est donc bien clair que pour que Vierge Marie apparaisse à un endroit, elle doit disparaître d'un autre ! À bon entendeur, salut ! Mais surtout ne vous inquiétez pas, je vous préviendrai de tout ce qui arrivera car je comprends bien que ça doit vous intéresser quand Dieu ou Marie apparaît à une de vos ouailles.

Par contre je comprends pas ce que vous me dites sur ce pauvre Job mais je vais relire et recopier des passages car je crois que vous pensez qu'il me ressemble mais je dois vous faire remarquer que je n'ai jamais eu sept fils, trois filles, un troupeau de sept mille moutons, ni trois mille chameaux, ni cinq cents ânesses et tout le reste. Alors on peut rien me prendre et pas faire des paris idiots à mon sujet. Mais enfin puisque vous me le demandez, je vais relire l'histoire de Job qui est difficile parce qu'il parle avec beaucoup de complications. Je me demande même si c'est pas sa manière de parler qui a fini par agacer Dieu.

J'ai écrit de votre part au Rabbin des Carmes ainsi qu'au Lama du Quercy en essayant de leur être bien agréable, et en supprimant les considérations sur Jésus et Vierge Marie. Je dois vous dire que je l'ai fait pour vous faire plaisir mais je crois pas que ce soit très utile, car déjà qu'on s'y retrouve pas avec les siens, je veux pas dire ce que ça sera avec les arabes, les juifs et les chinois surtout les premiers qui s'y retrouvent pas eux-mêmes entre eux, et les autres avec leur nouvelle vie qui revient sans fin jusqu'à être parfait, ça me tente pas du tout. Moi quand ma vie sera finie, j'en demande pas d'autres parce qu'une fois ça suffit.

En espérant que je ne vous ai pas trop dérangé, je vous prie d'agréer, mon Père, l'assurance de ma dévotion pour les siècles des siècles.

Barthélémy Parpot

Rabbin Samuel Chaikin
3 allées Jean Jaurès
Bât 1 – App 12
31000 Toulouse

Toulouse le 4 juillet 2000

Monsieur

Je suis étonné que le Père Pénide vous ait orienté vers moi. Sa grande connaissance des pratiques des religions du Livre aurait normalement dû l'en dissuader, eu égard au résultat probable de cette démarche mais aussi par simple charité chrétienne envers votre personne.

Je fais cependant suivre votre courrier au Consistoire Juif de France qui a un bureau spécialisé pour répondre aux demandes de conversion.

Shalom,

S. Chaikin

Galipsina Walenska
Couvent des Ursulines
Rue des Saints Pères
65100 Lourdes

Barthélémy Parpot
18 rue Bayard, 31000 Toulouse, France

Mon Cher Barthélémy Parpot de tous mes saints,

Je vous écris une nouvelle fois pour vous donner des nouvelles de notre petite congrégation.
Notre Mère Supérieure est tombée malade ce qui la rend encore plus acariâtre malgré son immense bonté.
Le docteur lui a ordonné de ne pas bouger et de se reposer quelques semaines avant d'entreprendre le voyage de retour. Il a dit que l'air de Lourdes lui serait salutaire.
Personne n'avait envie de rester pour la garder car, soit dit en passant, elle est un peu rosse. Finalement, comme les corvées sont toujours pour les dernières arrivées, c'est tombé sur moi !
Quand on me l'a annoncé, j'ai eu un tel sourire illuminé que ça a ébranlé tout le monde autour de moi. On y a vu un signe de ferveur et de dévouement, et même une forme de sainteté... Moi j'ai bien rigolé intérieurement car c'était évidemment la vôtre qui renaissait dans mes yeux. Je souriais avec béatitude parce que j'allais demeurer dans votre sainte proximité, et je me suis mise à espérer vous revoir car je ne doute pas que

vous allez renforcer ma Foi avec vos beaux miracles si simples et si doux.
Ma petite fleur ne se fane pas. Sa fraîcheur comble ma ferveur et je prie en pensant à vous chaque matin et chaque soir.
Peut-être pourriez-vous venir me voir dans quelques jours ? Votre exemple vivant serait une aide immense pour la pauvre pécheresse que je suis.
Dans quatre jours, nos malades repartiront et je resterai seule avec la Mère Supérieure. Je pourrai m'échapper de temps en temps pour aller prier avec vous dans l'église de Saint Paul-Serge qui est la plus proche de notre couvent.
Si vous me répondez, écrivez-moi plutôt à la Poste Restante de Lourdes, car ici des fois pour notre Bien, on ouvre notre courrier.
Dans notre cas, ce serait mal compris car ils n'ont pas eu l'humilité ni le discernement de reconnaître votre Sainteté, et ils n'hésiteraient pas à me faire des chicaneries en toute bonne foi.
J'espère vivement que vous pourrez venir me voir, car sinon je vais être malheureuse, d'autant que ma bonne Antonia qui est pleine de gentillesse pour moi, va s'en retourner à Kuzek avec nos malades. Elle va beaucoup me manquer car c'est la plus douce de toutes, et même la seule qui mérite vraiment d'être bonne sœur.
Je passerai chaque jour après tierce à la Poste Restante dans l'espoir d'un message.
En attendant, je prie pour vous et je vous supplie humblement d'éclairer mon chemin.

Votre Galipsina.

Centre Bouddhique de Dhagpo Ming Kaygu
Cantemerle — 46 800 Lascabanes

Barthélémy Parpot
18 rue Bayard, 31000 Toulouse

Monsieur, cher Barthélémy

Nous avons lu votre lettre avec attention et affection. Suite à quoi nous avons inscrit votre nom sur une liste lue silencieusement chaque soir par une personne lors d'une pouja dédiée au bonheur de tous les êtres.

Nous avons pensé qu'il vous serait peut-être bénéfique dans un premier temps, afin d'exprimer, de clarifier et d'apaiser vos tourments, de vous faire aider par une personne compétente au cours d'une psychothérapie. Il est en effet difficile pour chacun de s'ouvrir à une vie spirituelle authentique sans avoir au préalable « désencombré » un tant soit peu sa vie intérieure et personnelle. Les enseignements bouddhistes nous conseillent de commencer par « faire de la place ».

C'est en vue de cela que nous récitons en préambule à toute pouja, à tout enseignement, à tout entretien avec un maître, des souhaits appelés les « quatre incommensurables » sous-entendus les quatre souhaits aux bienfaits incommensurables.

Nous vous les copions :

Puissent tous les êtres sans aucune exception connaître le bonheur et pratiquer les causes qui les mèneront au bonheur.

Puissent tous les êtres sans aucune exception être éloignés de la souffrance et cesser de pratiquer les causes qui conduisent à la souffrance.

Puissent tous les êtres sans aucune exception être établis en la grande félicité dépourvue de toute souffrance.

Puissent tous les êtres sans aucune exception résider en la grande Équanimité dépourvue de partialité ne tenant pas les uns pour proches et les autres pour lointains.

Le dernier souhait n'est pas le moindre car il repose sur la vue réelle de l'interdépendance et de l'impermanence, donc de la vacuité qui est dans le Bouddhisme l'entrée en contact direct avec la nature ultime de tous les phénomènes (notre esprit bien sûr inclus).
Nous vous encourageons à persévérer en développant une grande tolérance et tendresse pour vous-même, dans votre quête de paix intérieure et de bonheur. Ce chemin, même souvent bien chaotique, nous éveille à ce que dans votre lettre vous appelez Dieu.

Cordialement,
Anne-Marie

PS : Près de Toulouse, il existe le monastère chrétien de Puylaurens. Peut-être en avez-vous entendu parler ? Un moine est à l'accueil et reçoit les personnes désireuses de parler de leurs difficultés rencontrées dans leur foi en Dieu. En voici les coordonnées :
Monastère St Benoît – Les Lauzes – 81700 Puylaurens,
téléphone : 05 63 54 18 49

Barthélémy Parpot
18 rue Bayard
31000 Toulouse

Toulouse le 10 juillet 2000

Ma chère petite Maman,

Ça fait plus d'une semaine que les signes se multiplient comme des petits pains. Ils arrivent de partout et en même temps, et je ne sais plus où donner de la tête. C'est sûr que lorsque le Bon Dieu se décide, c'est pas deux broutilles et trois cacahuètes mais bel et bien un ouragan qui souffle sur votre vie. J'ai même souvent du mal à suivre où il veut en venir parce que c'est loin d'être simple et qu'on peut tout interpréter pile à l'envers ce qui prouve bien qu'on est dans les choses de la spiritualité.

Le plus incroyable c'est qu'il m'ait envoyé cette jolie Galipsina pour me faire dire que je suis un Saint qui montre la voie aux autres. C'est vraiment difficile de passer du Rien au Tout comme ça du jour au lendemain. C'est pas que je veuille me défiler mais j'ai déjà tellement de mal avec moi-même que je sais pas comment je vais faire pour pas décevoir Galipsina. Bien sûr la Bible dit que « La fortune sourit aux audacieux », mais ça fait pas tout! Il faudrait plutôt que Vierge Marie se dépêche de venir me donner la liste de ce que je dois faire exactement.

Il y a aussi cette histoire de miracle que j'aurais accompli sans m'en rendre compte, et qui me rend perplexe. Peut-être que Jésus avait les mêmes doutes quand il faisait des trucs pas possibles. Ce qui est sûr, c'est qu'une fleur a poussé sur ta tombe et que le Bon Dieu a ravivé celle qui était séchée. Tout ça c'est bien des preuves incontestables de l'arrivée prochaine de Vierge Marie qui tiendra j'en suis sûr cette même petite fleur jaune dans la main quand elle m'apparaîtra, car le Bon Dieu est du genre à soigner les détails et les clins d'œil de complicité. Il m'a même fait envoyer par les bouddhistes une très belle lettre, parfois un peu compliquée mais c'est normal parce que c'est quand même du chinois, pour m'inspirer celle à Galipsina que j'ai du mal à faire. Et le souffle de Dieu c'est quelque chose, c'est pas comme quand vous êtes seul devant une feuille et que vous recommencez sans cesse, ou que vous êtes dans un examen du CNAM avec un imbécile à côté qui vous souffle des âneries qui vous empêchent d'être reçu. À ce sujet j'aurais mieux fait de suivre les cours de théologie du CNAM plutôt que ceux de comptabilité qui ne m'ont servi à rien, et au moins je saurais aujourd'hui comment me débrouiller avec la sainteté. En vérité tout ça me fait très peur même si je suis prêt à apprendre la liturgie comme j'ai appris la TVA et la trésorerie, et aussi à bien travailler pour devenir un bon saint entre tous les saints. Je me réveille toutes les nuits baigné dans ma sainte sueur, ce qui est peut-être normal quand on monte vers Dieu, mais moi je ne supporte pas de me dire qu'On attend de moi des choses que je ne sais pas faire.

Ces derniers jours, j'ai voulu écrire à Galipsina, mais j'ai dû déchirer toutes mes lettres car je ne sais pas comment écrit un saint. Tout ce que je sais, c'est que j'ai très envie de la serrer dans mes bras mais je ne suis pas sûr que ce soit très orthodoxe. En vérité je pense souvent à elle mais pas comme un saint encore que je n'aie aucune idée de ce que pense un saint. Je revois ses jolies boucles blondes qui dépassent de son voile blanc, et aussi ses beaux yeux bleus, et je me souviens de son petit cœur qui a battu dans ma main, je veux dire par son sein interposé. J'aimerais bien la voir sans son voile et que ses jolies boucles tombent sur ses épaules avant qu'elle les coupe. Il paraît que c'est obligé qu'elle les coupe pour prendre les vœux. Je vois pas à quoi ça sert et pourquoi c'est si indispensable, encore qu'elle sera aussi très jolie avec les cheveux courts c'est sûr. J'ai plein d'idées pour la diriger, mais quand on a la sainteté je ne pense pas qu'on ait droit à tout. Au contraire je me demande si ça ne donne pas des obligations en plus qui compliquent encore. Je ne connais évidemment aucun autre saint auprès de qui je pourrais me renseigner. Quant au père Pénide, il ne cherchera pas à m'aider car il est un peu jaloux de ce qui m'arrive.

Tu dois te dire que j'ai des soucis bizarres et des espérances folles mais les questions qui se posent à un Saint sont toujours très compliquées. Après tout ça te change de ce que je te raconte depuis des années. J'imagine que tu n'en crois pas tes oreilles d'avoir un fils qui est un Saint, alors que tu croyais avoir un bon à rien comme tu me disais souvent. Tu dois être fière que j'arrive enfin à quelque chose et moi ça me fait très plaisir que tu sois fière de moi. Et puis aussi tout ça rejaillit sur toi. C'est un peu comme si tu étais la mère de Jésus sauf que la virginité évidemment mais on se comprend. Je t'embrasse très fort.

Ton fils dévoué Barthélémy

Barthélémy Parpot
18 rue Bayard
31000 Toulouse

Centre Bouddhique de Dhagpo Ming Kaygu
Cantemerle — 46 800 Lascabanes

Toulouse le 12 juillet 2000

Chère Madame Anne-Marie,

Je vous remercie de votre bonne lettre pleine de gentillesse et de vos bons conseils même s'ils sont un peu compliqués, ce qui est normal vu que les choses de Dieu sont compliquées par essence et que les interprétations des uns et des autres n'arrangent rien même si chacun fait de son mieux.

Mais je vous écris pas pour me plaindre car j'aime beaucoup vos quatre principes qui commencent tous par « Puissent » pour qu'on les retienne facilement. J'ai moins bien suivi sur l'Équinamité et l'Impermanence mais je relirai tout ça avec attention et je peux déjà vous dire que ce sont de bien jolis mots.

J'aurais une faveur à vous demander au sujet d'une amie catholique que j'aimerais bien inscrire sur votre pouja avec moi si ça ne vous dérange pas trop évidemment car je voudrais pas avoir l'air d'exagérer comme les gens qui sont sans gêne pour les autres. Je me permets de vous le demander car votre lettre contenait beaucoup de gentillesse et de compassion chrétienne pour la souffrance, ce qui n'est pas toujours le cas chez d'autres que je préfère ne pas nommer.

Je reçois vos nombreux prospectus en couleur avec les réunions de tous les dalaï-lamas qui viennent dans le Quercy pour les enseignements. Ils ont l'air bien intéressant, mais je n'ai pas pour l'instant assez d'argent, et puis toutes vos histoires de véhicule ne me concernent pas vraiment, du moins je ne crois pas.

Je vous remercie par avance si vous pouvez mettre Galipsina dans la pouja sans trop vous déranger.

Je vous prie d'agréer mes salutations les plus humbles et puissent le bonheur et les causes du bonheur être sur vous.

Barthélémy Parpot

Barthélémy Parpot
18 rue Bayard
31000 Toulouse

Galipsina Walenska
Poste Restante
65100 Lourdes

Toulouse le 13 juillet 2000

Ma chère Galipsina,

Vos deux belles lettres m'ont donné beaucoup d'émotion, seulement pour être honnête, je dois vous avouer que je ne suis pas tout à fait sûr d'être un Saint comme vous le dites même si j'aimerais que vous ayez raison. En vérité le Bon Dieu ne s'est jamais vraiment préoccupé de moi jusqu'à ces dernières semaines où il s'est mis tout à coup à me parler avec des signes et des symboles qui sont difficiles à comprendre pour les gens qui ne sont pas habitués comme moi. Sans vouloir critiquer ça me paraît souvent un peu obscur d'autant que ça peut s'interpréter de façon différente en blanc ou en noir, un peu comme les rêves quand vous les dites à un psychologue et qu'il vous raconte tout et son contraire d'une séance à l'autre parce qu'il a oublié vu que vous n'êtes pas son seul impatient.

De toute façon je ferai ce que le Bon Dieu attend de moi par votre entremise, et je vous guiderai de mon mieux avec ferveur et dévouement et avec tout mon bon cœur. Cette idée me rend même joyeux et me donne envie de danser et de rire mais tout seul ça n'a pas d'intérêt car la joie ne dure pas longtemps. C'est d'ailleurs pour ça que les juifs font Hanoukkah à plusieurs comme m'a expliqué Jean-Louis.

Pour ce qui est de vous guider, je dois commencer par vous ordonner d'arrêter de mettre cette terrible ceinture qui vous donne des rougeurs aux fesses parce que le Seigneur et moi on veut pas que vous ayez mal à cause de nous ! C'est des idées stupides tout ça ! D'ailleurs il est bien dit « Puissent tous les êtres sans aucune exception connaître le bonheur et pratiquer les causes qui les mèneront au bonheur » et aussi « Puissent tous les êtres sans aucune exception être éloignés de la souffrance et cesser de pratiquer les causes qui conduisent à la souffrance. » C'est pas de moi, mais je suis sûr que c'est vrai.

Il faudrait aussi que vous soyez avec moi pour l'Apparition, comme ça vous en profiteriez et ça clouerait le bec à votre Mère Supérieure. Malheureusement je ne sais pas où et quand ça va se produire, j'avais bien pensé que ce serait devant ma commode mais ce n'est pas complètement sûr. En fait c'est stop secret ce qui est bien normal vu les millions d'incroyants et les télévisions qui se précipiteraient à chaque occasion.

Quoi qu'il en soit, Vierge Marie Mère de Dieu m'apparaîtra obligatoirement où je serai, parce que si on se ratait, il n'y aurait pas d'Apparition. Je n'ai donc pas de soucis à me faire et c'est inutile que j'attende là plutôt que là, ce qui fait que je peux venir à Lourdes pour prier à vos côtés. J'ai rêvé de vous toutes ces nuits et mon vrai miracle de Lourdes à moi c'est pas la Grotte mais c'est que vous soyez là.

J'ai fait un truc rigolo que vous connaissez pas en Pologne, j'ai mis votre nom sur la liste d'une pouja, mais je vous conseille aussi de faire de la place en vous, dans votre vie intérieure pour accueillir le Seigneur, je viendrai avec lui.

Le Seigneur et moi on vous encourage à persévérer en développant une grande tolérance et tendresse pour vous-même et aussi pour moi, dans votre quête du bonheur.

Je vais venir après-demain à Lourdes et je passerai mon après-midi à l'église Saint Paul-Serge qui est près de chez vous, à vous attendre en priant pour vous et votre bonheur sur terre comme au ciel. J'espère que vous viendrez et qu'on bavardera longtemps pour qu'on apprenne à bien se connaître.

Je prie pour votre bien-être, et je prie pour que vous puissiez connaître le bonheur et ses conséquences.

Votre dévoué Saint Barthélémy

Barthélémy Parpot
18 rue Bayard
31000 Toulouse

Monsieur l'Imam
Mosquée de la Farouette
17 rue des Pradettes
31500 Toulouse

Toulouse le 16 juillet 2000

Cher Monsieur l'Imam de la Farouette,

Je vous remercie de votre lettre pleine de bonnes explications très rassurantes. J'aime bien quand vous me dites de ne pas me tracasser et que les musulmans m'aideront à m'y retrouver. Depuis l'autre jour, je lis les phrases des versets en arabe dans le bus en allant au cimetière, et je commence à bien y arriver surtout les courtes comme Allahou Akbar, Bismillah, et Alhamdoulillah.

Je n'étais pas au courant au sujet de la circoncision de la bistouquette et ça m'a fait rudement plaisir de savoir que le savant Abû Hanifâ avait dit que ce n'était pas obligatoire. En revanche je sais que vous êtes très pointilleux avec le voile et les cheveux des femmes, et je me demande bien pourquoi. Je connais une jeune femme qui porte un voile blanc sur la tête avec des boucles blondes qui dépassent sur les côtés, et je vois pas ce qu'il y aurait de mal à la contempler avec ses beaux cheveux dénoués sur les épaules.

Il paraît aussi que vous pouvez avoir plusieurs femmes en même temps, mais j'espère que ce n'est pas obligatoire car ça me paraît bien difficile vu que j'arrive même pas à en avoir une seule à la fois. Peut-être que l'entraide des musulmans pourra m'arranger ça d'autant que Mouloud m'a dit qu'un musulman peut répudier sa femme quand il en a assez. À ce sujet je tiens à vous préciser que je n'ai personnellement rien contre les femmes répudiées et que même, si ça peut rendre service, je suis prêt à en accueillir une chez moi. Je voudrais aussi vous demander si une femme peut avoir plusieurs maris en même temps ce qui ne me plairait pas du tout. De toute façon vous avez l'air d'avoir bien réfléchi à ces problèmes pour vous rassurer les uns et les autres, et je suis sûr que vous devez avoir bien raison.

Je ne suis pas encore venu vous voir parce que Mouloud n'est pas très chaud pour quitter le Bar des Sports même que je me demande s'il n'a pas un peu peur de vous… En attendant, je m'inspire déjà de vos recommandations et je prie souvent le Bon Dieu et Vierge Marie (S & B sur elle, comme vous dites). Je lis aussi le fascicule de catéchisme que vous m'avez envoyé avec les versets importants et les bonnes prononciations, et je réfléchis pour me choisir un prénom arabe. J'hésite encore entre plusieurs, ma préférence va vers Ibrahim qui est celui qui ressemble le plus à Barthélémy.

On m'a dit qu'il y avait beaucoup de règles à respecter, mais enfin je me doute que c'est comme ailleurs et qu'on peut s'arranger surtout que vous semblez avoir plein de savants qui accommodent les choses comme Abû Hanifâ avec la bistouquette. Par exemple pour le tiercé le loto et l'alcool, vos grands universitaires ont dû bien arrondir les sourates parce que dans mon quartier, il y a un tas de vrais musulmans comme Mouloud qui sont aussi de vrais pochetrons (S & B sur eux) et c'est tant mieux.

Je vous remercie par avance des explications que vous voudrez bien me donner surtout au sujet du voile et des cheveux bouclés, et je continue à apprendre les prières en arabe pour venir vous voir quand je serai prêt.

Je vous prie de bien vouloir agréer, cher Monsieur l'Imam, l'expression de mes ablutions distinguées.

Barthélémy Parpot

Barthélémy Parpot
18 rue Bayard
31000 Toulouse

Père Dominique Pénide
Basilique Saint Sernin
Place Saint Sernin
31000 Toulouse

Toulouse le 17 juillet 2000

Mon Père

Je vous écris parce qu'il y a encore du nouveau dans ma vie grâce à vos prières et à celles de madame Anne-Marie du Quercy. Il faut tout d'abord que je vous dise que je vais à Lourdes tous les jours avec le train de 6 h 42 quai 2 voie 4, et que je reviens le soir par celui de 19 h 30 quai 1 car je n'ai pas assez d'argent pour me payer l'hôtel. L'un de vos collègues, le Frère Gérard-Marie Mouysset, m'a proposé de dormir chez lui mais j'ai refusé parce que ça me gêne et puis j'aime bien le temps du train pour réfléchir.

De toute façon depuis que le Bon Dieu s'est mis à se mêler de moi, tout devient plus facile. Il a même pensé à envoyer comme contrôleurs ceux de la CGT de Matabiau qui font semblant de ne pas me voir quand ils poinçonnent les billets. Des fois ils me demandent gentiment si tout va bien car évidemment je les ai mis au courant au sujet de Galipsina que je vais rencontrer à Lourdes, et ils ne sont pas jaloux du tout, au contraire ils m'encouragent et me demandent comment ça se passe.

Dans le train j'aime me recueillir et prier selon vos conseils pour que Dieu m'inspire des paroles justes ce qui est bien la moindre des choses vu les responsabilités qu'il m'a données. D'ailleurs j'ai mis une croix en bois autour du cou avec un lacet de cuir que je me suis acheté à « Tout à dix francs » à Toulouse parce qu'à Lourdes c'est hors de prix pour les gens qui n'ont que le RMI. À ce sujet je dois vous dire que j'aime pas Lourdes. On dirait que c'est le rendez-vous de tous les malheurs du monde. Il y a surtout des italiens, des handicapés, des corses, des mongoliens qui ont l'air bien gentil, des espagnols, des italiennes et aussi bien sûr des Polonais, mais pas beaucoup d'arabes et de chinois. Les malades sur les brancards passent avec leur perfusion comme si de rien n'était, et c'est quand même chouette parce que tout le monde accepte tout le monde comme il est, ce qui doit être un effet de la bonté du Saint Esprit. Ils ont l'air content avec leur fiole, et les brancardiers sont gentils avec eux et bien appliqués à ce qu'ils font. On voit bien que ce sont pas les ambulanciers de d'habitude qui pointent à la Sécurité Sociale et qui grognent comme les chauffeurs de taxis. Ils ont juste un brassard mais pas de blouse et tout le tralala.... Il y a aussi beaucoup de bonnes sœurs avec des voiles noirs et blancs qui feraient bien plaisir à Monsieur l'Imam. J'en avais jamais vu autant à la fois, et dans l'allée qui monte vers la grotte, on se serait cru dans une manifestation de la CGT moins les drapeaux rouges évidemment.

C'est là, pile dans cette allée que je suis tombé sur un religieux comme vous qui est venu me demander avec beaucoup de bonté et de charité si je cherchais quelque chose. Je lui ai dit que je cherchais l'église Saint Paul-Serge, il n'a fait ni une ni deux et il m'a proposé de m'y accompagner. Et ça c'est un signe parce que si les religieux se mettent à me servir c'est bien que cette histoire de sainteté a du vrai, même si je ressens rien de changé au fond de moi. En marchant il m'a dit qu'il était de la Congrégation de Marie Corédemptrice et qu'il s'appelait Frère Gérard-Marie Mouysset mais que je pouvais simplement dire Fra Gérard-Marie. J'ai évidemment noté qu'il y avait « Marie » dans son nom et qu'On m'envoyait une allusion très claire au sujet de qui vous savez, en revanche j'ai pas pigé l'astuce sur « Gérard ». Il avait une soutane blanche toute auréolée de taches de graisse mais je me suis bien gardé de le lui dire car il me faisait un peu peur à cause de ses sourcils roux en bataille et de ses yeux de fou.

Sur le trajet on a été intercepté par une voiture de police et il y a eu une altercation entre les policiers et Fra Gérard-Marie. Je n'ai pas bien compris ce qui se passait, mais c'est moi qui ai dû montrer mes papiers. Après leur départ, le Frère Mouysset a piqué une colère noire. Il a même donné un coup de pied de rage dans une poubelle qui est allée valdinguer contre une voiture, mais par miracle il n'y avait personne dedans ce qui a évité de nouveaux ennuis. Puis on est arrivés dans une rue où il y avait l'église Saint Paul-Serge qui est toute petite mais qui sent très bon à cause de l'encens qui brûle sans modération, c'est pas comme à l'Immaculée Conception avec ce maudit sacristain qui est toujours à tout éteindre.

On est entrés et Fra Gérard-Marie m'a demandé trente francs pour payer sa course comme s'il avait été un taxi sauf qu'il avait pas de voiture et que j'ai marché à pied. Moi je lui ai dit que je n'avais pas d'argent mais que j'allais le bénir vu qu'il semblait que j'avais une certaine sainteté depuis la semaine dernière. Là il a fait la grimace et il allait même commencer à élever la voix comme avec les policiers lorsque au premier rang s'est retournée Galipsina qui a couru vers nous. Elle s'est agenouillée à mes pieds et m'a baisé les mains avec un rayonnement qui a ébranlé le Frère Mouysset. Il y avait aussi un groupe de petites mongoliennes souriantes et gentilles qui entraient en même temps et qui ont vu la ferveur de Galipsina, et elles ont accouru vers moi comme une nuée de petits anges envoyés de Dieu pour montrer comment pourrait être le monde s'il n'y avait pas la cupidité et la méchanceté qui cassent la bonne ambiance de sympathie originelle.

C'est alors que le Frère Mouysset a été à son tour touché par la grâce et qu'il s'est agenouillé avec un signe de croix. Puis vous savez ce que c'est, deux bigotes du dernier rang en ont voulu aussi, elles m'ont demandé de les bénir ce qui a commencé à m'agacer parce que moi j'étais juste venu pour voir Galipsina et bien la guider. Il y a eu aussi un type sur un fauteuil roulant qui m'a dit s'appeler Serge et qui m'a demandé avec beaucoup d'insistance que je pose ma main sur son front. J'ai pas pu faire autrement, il a aussitôt eu l'air émerveillé et il a dit « oh! je sens de la bonne chaleur jusque dans mes jambes » puis il a voulu se lever et il s'est cassé la figure. Ils se sont tous précipités pour le relever et j'en ai profité pour prendre Galipsina par la main et la conduire jusqu'à un coin retiré. On s'est assis sur un banc de pierre à côté d'un gisant. Je lui ai dit qu'elle était très jolie et elle a rougi de contentement.

On a beaucoup parlé, elle m'a raconté sa vie, ses parents, ses frères et sœurs en Pologne, là-bas au loin, et aussi comment elle croit en Dieu et comment parfois elle a peur du couvent, de la Mère Supérieure et du Père Jarowski. Elle m'a dit qu'il y a juste la Sœur Antonia qui est bonne avec elle, drôle et compréhensive, et qui lui conseille d'attendre avant de prononcer ses vœux définitifs car on ne peut plus changer d'avis ensuite. Alors je l'ai rassurée, je lui ai dit que rien n'est obligé et qu'on peut vivre auprès du Bon Dieu sans avoir toutes ces tracasseries.

Elle aime beaucoup quand je lui dis « Puissent tous les êtres sans aucune exception connaître le bonheur et pratiquer les causes qui les mèneront au bonheur » et aussi quand je lui explique mes problèmes avec la Foi et les signes qui fleurissent dans ma vie. Elle a été rassurée de voir que même un saint peut avoir des doutes, et elle m'a embrassé sur la joue quand je lui ai dit que Vierge Marie devait m'apparaître bientôt et que j'en profiterais pour essayer de lui faire avoir la vie douce.

Tout a été bien comme ça jusqu'à la cloche de dix-sept heures où tout d'un coup Galipsina s'est levée parce qu'elle devait être avec la Mère Supérieure à cette heure-là. Elle est partie comme Cendrillon sauf qu'elle n'a pas perdu sa pantoufle et qu'elle m'a fait promettre de revenir le lendemain vu que ça faisait longtemps qu'elle n'avait pas éprouvé un tel moment de bonheur et d'apaisement. Moi aussi j'étais bien heureux et je suis reparti léger vers la gare où malheureusement Fra Gérard-Marie m'attendait.

Entre nous votre collègue m'agace un peu, il veut à tout prix s'associer à moi et faire savoir à tout le monde que je suis un Saint. Il dit que ça va marcher pour nous. Moi je veux garder tout ça dans l'intimité parce que la sainteté de spectacle ça sert à rien, mais c'est dur de le dissuader parce qu'il est têtu comme une mule. Enfin ce n'est pas grave car j'ai confiance en notre Bon Dieu qui sait trouver les solutions quand il se décide à ce que tout aille comme sur des roulettes.

J'espère que ma lettre va définitivement vous rassurer et vous convaincre de tout ce qui se met en branle autour de moi. Je n'oublie pas que vous y êtes pour beaucoup même si parfois je vous trouve un peu trop prudent. Vous devriez avoir davantage confiance en vous et surtout en notre Bon Dieu qui peut tout pour nous.

Je vous prie de recevoir, mon Père, l'expression de ma sainte compassion. Ainsi soit-il.

Barthélémy Parpot

Frère Gérard-Marie Mouysset
Religieux de la Congrégation de Marie Corédemptrice
22 rue de la Grotte
65100 Lourdes

Monsieur le Procureur de la République
Palais de Justice
65000 Tarbes

Lourdes le 19 juillet 2000

Monsieur le Procureur

J'ai l'honneur de faire suite à ma requête du 10.06.1999 et à mes plaintes du 12.03.2000 et du 19.05.2000 avec constitution de partie civile du 16.04.2000 contre l'inspecteur du Commissariat de police de Lourdes, M. Henri Vignolles.

Je porte à votre connaissance que ce jour je marchais vers 13h00 en direction de l'église Saint Paul-Serge en compagnie de Monsieur Parpot, un saint homme, lorsqu'une voiture de police nous a croisés rue du Marché. Le policier, passager avant droit, a baissé la vitre pour m'invectiver une fois de plus en ces termes « T'es encore là Mouysset ! Tu as intérêt à dégager le faux curé parce qu'on va t'entreprendre pour de bon, espèce de pédé » et encore « les faux curés on va les traîner en prison ! », et ils ont fait une nouvelle fois pression pour que je retire ma plainte à l'encontre du maire de Lourdes, avec constitution de partie civile, qui les dérange vu la précision de mes plaintes sur la maison dite de Mathilde, où il se passe des soirées peu catholiques avec des notables municipaux et sous le couvert de la police. À moins que ce soit le financement de la campagne électorale via M. Mirey occupant de l'évêché de Tarbes, travesti, apostat et renégat comme l'ensemble du clergé de la Grotte avec qui la police pactise, et qui s'est cru autorisé à répandre sur ma personne des mises en garde dont j'exige de connaître la teneur afin de consolider ma plainte en diffamation.

Il y a bien eu agissements discriminatoires, propos diffamatoires, menaces agressives, insultes sur la voie publique, volonté de nuire, usurpation de pouvoir, manquement au devoir en heure de service, et complicité.

En outre, j'estime avoir subi un préjudice particulier du fait que ces voies de fait aient été commises devant un témoin duquel je tiens à conserver la sympathie, et qui serait en droit, s'il ne s'agissait d'un saint homme qui n'a rien à voir avec le clergé vénal de la grotte, de se poser des questions à mon encontre suite à l'altercation avec les autorités policières qui peut être prise pour argent comptant pour qui ne connaît pas de façon approfondie les tenants et les aboutissants des collusions locales.

S'agissant de l'ordre public, et nonobstant de la suite judiciaire de mes plaintes, je vous demande bien vouloir faire cesser les tracasseries policières dont je suis quotidiennement la cible, et de faire en sorte que l'on ne s'attaque pas à Monsieur Parpot. Je vous en remercie par avance.

Je vous prie d'agréer, Monsieur le Procureur, l'expression de ma respectueuse considération.

Frère Gérard-Marie Mouysset

Père Dominique Pénide
Basilique Saint Sernin
Place Saint Sernin – 31000 Toulouse

À l'attention de :
Barthélémy Parpot
18 rue Bayard – 31000 Toulouse

Toulouse le 23 juillet 2000

Mon cher fils,

Il faut retrouver votre calme et redevenir plus humble !

Il n'est donné à aucun de nous de s'octroyer une quelconque Sainteté ! Je ne doute ni de votre sincérité ni de votre honnêteté, mais vous vous engagez dans une mauvaise voie.

Tout ce que vous interprétez comme des signes sont sans nul doute des bontés que le Seigneur a pour vous dans son immense mansuétude, mais il ne vous appartient pas d'interpréter sa volonté et de ne croire que ce qui vous arrange.

Il n'y a pas, il n'y a jamais eu, de signes annonciateurs d'une apparition.

Les apparitions miraculeuses sont extrêmement rares. Guère plus de deux ou trois dans un siècle… et il faudrait être bien orgueilleux pour se persuader que l'une d'entre elles nous est réservée.

La démesure de votre ego est en train de vous jouer un mauvais tour.

Soyez simple ! Soyez au monde sans préjugé et sans attente ! Vous n'êtes investi d'aucune mission et surtout pas celle de guider une jeune nonne !

Venez donc me voir, je suis à la Basilique les mardi, jeudi et vendredi après-midi de 15 heures à 18 heures. Nous parlerons de tout ça.

Si vous préférez, vous pouvez aller trouver un de mes amis qui est à Lourdes. Il s'agit du père Duran. Vous le trouverez au Bureau diocésain du 6 de la rue Sainte Catherine de Sienne. Je lui ai téléphoné et je lui ai parlé de vous. Allez donc voir cet homme sage plutôt que de fréquenter ce Frère Mouysset qui me semble bien peu chrétien à ce que vous m'en dites.

Je prie pour que Dieu vous garde et vous protège.

Père Dominique Pénide

Galipsina Walenska
Couvent des Ursulines
Rue des Saints Pères
65100 Lourdes

Sœur Antonia Solenski
Couvent de Kluzek
Gory 12, Province de Plock
Pologne

Ma chère et douce Antonia

J'ai été bien triste de ton départ voilà quatre jours. Tu me manques beaucoup en ce moment où j'aurais tant besoin de t'avoir à mes côtés pour écouter tes conseils.
Il m'arrive tant et tant de choses étranges que j'aimerais pouvoir te confier. Je suis si seule. Quand tu sauras de quoi il s'agit, tu comprendras que je ne peux pas en parler à la Mère Supérieure. Elle ne pourrait pas comprendre.
Il faut ta douceur et ton immense bonté pour accueillir les manifestations du Seigneur surtout quand elles sont aussi inattendues.
Me croiras-tu Antonia, mais le Seigneur me parle au travers d'un Saint Homme qui s'appelle Barthélémy Parpot, et qui vient chaque jour à Lourdes pour me rencontrer. Je passe mes après-midi avec lui et c'est absolument extraordinaire tellement il est doux et gentil. Jamais de ma vie, je n'avais rencontré un être aussi attentionné et tendre et respectueux.

Quand je suis à ses côtés, je me sens heureuse, un feu brûle dans mon corps. Il guide mon âme avec tendresse et jamais il ne m'ordonne de ces terribles brimades dont la Mère Supérieure et le Père Jarowski ont le secret pour mon bien. Tu parles.
Depuis que je suis avec ce Saint Homme, je comprends ce qu'est la douceur infinie du Bon Dieu et pourquoi il est réconfortant de croire en lui.
Ne me crois pas folle mon Antonia, il fait des miracles incroyables. Par exemple il m'a donné une fleur séchée à la gare de Toulouse, et cette fleur est redevenue vivante. Elle a tenu ainsi plusieurs jours sur mon missel sans jamais se faner. Une petite fleur jaune lumineuse... C'est vrai qu'elle s'est éteinte voilà quatre jours, mais il est alors arrivé lui-même en personne pour la remplacer.
Et encore un autre exemple, celui de tous ces gens qui commencent à se presser à l'église Saint Paul-Serge pour avoir sa bénédiction. D'ailleurs ça nous agace un peu à force, surtout lui qui dit qu'il ne vient que pour moi.
Tu te rends compte Antonia, le Saint Homme ne vient que pour moi !
Alors souvent on s'enfuit tous les deux. Au début on avait un recoin bien à nous dans l'église, mais les pèlerins qui le cherchent nous ont débusqués.
Depuis on a trouvé un truc très rigolo. On s'en va par une porte dérobée de la sacristie, et on file vers la montagne à côté. A moins de quinze minutes de marche, on s'est trouvés un petit coin de verdure, dissimulé derrière des sapins, où l'herbe est bien douce. On s'assied tous les deux et on parle.
Il me dit comment me conduire mais avec des mots

tout simples que je comprends. Parfois son discours est plus étrange, il répète des mots qui ne sont pas dans les livres de prières mais qui sont aussi très doux, comme par exemple « Puissent tous les êtres sans aucune exception connaître le bonheur et pratiquer les causes qui les mèneront au bonheur » ou encore « Puissent tous les êtres sans aucune exception être éloignés de la souffrance et cesser de pratiquer les causes qui conduisent à la souffrance ». C'est joli tu ne trouves pas ?
Parfois il se met à répéter « Il n'y a pas d'autre Dieu que Bon Dieu et Mouloud est son prophète » et aussi une phrase avec des « ou » et des « a » qui est impossible à comprendre. Dans ces moments-là il parle de la nécessité de porter le voile, mais à d'autres moments il me demande de l'enlever vite fait et de laisser tomber mes cheveux bouclés sur les épaules. Moi je bouge la tête et je sens mes cheveux voler, c'est si bon. Il a alors l'air ravi et il me dit que je suis très belle, et moi je me sens heureuse comme jamais ça ne m'arrive sous la conduite du Père Jarowski. À ce sujet la Mère Supérieure se remet de sa maladie. Elle prend du bouillon et elle a fait hier ses premiers pas. Heureusement qu'elle se fatigue vite et que ce n'est pas pour demain qu'elle va courir jusqu'à Saint Paul-Serge.
Ensuite il me demande de rajuster mon voile pour ne pas offenser la sourate. Je ne sais plus la différence qu'il y a entre une sourate et une pouja, mais tant pis, de toute façon il emploie de temps en temps des mots que je ne comprends pas bien, mais

c'est normal car ce doit être un grand mystique pour arriver à tant de simple et lumineuse bonté. Et puis il dit tout ça avec tant de gentillesse que je suis sûre que c'est bon pour moi.
Des fois, nous nous allongeons, c'est moi qui lui ai montré, à la façon de Saint François qui attendait les oiseaux. On s'allonge, on regarde vers le ciel en essayant de ne pas bouger, et on entend les pépiements. Je pose ma tête sur son épaule, nous ne parlons pas, juste sa main sur mon cœur pour qu'il le sente battre… Je ressens alors la félicité du Seigneur pleine et entière, et je sais que le Bon Dieu est avec moi et avec nous.
Je t'embrasse ma douce Antonia et je prie pour toi chaque jour que Dieu fait.

Galipsina

Barthélémy Parpot
18 rue Bayard
31000 Toulouse

Père Dominique Pénide
Basilique Saint Sernin
Place Saint Sernin
31000 Toulouse

Toulouse le 28 juillet 2000

Mon Père,

Je comprends votre lettre et vos conseils mais je crois surtout que vous êtes énervé de voir qu'un simple baptisé trouve la sainteté sans avoir fait des années d'étude de curé comme vous. Je vous pardonne votre colère avec sincérité mais n'en profitez pas pour aller raconter partout que je suis un pistonné parce que ma vie n'a pas été facile avant d'en arriver là. D'ailleurs entre nous, hormis de m'occuper de Galipsina, tout ça ne m'intéresse pas vraiment.

Je vais cependant vous donner un nouveau témoignage de ma sincérité quoique je tienne à vous faire remarquer que vous êtes bien comme les athées qui veulent toujours plus de preuves et ne s'en contentent jamais.

Ce que je veux vous dire c'est que maintenant quand j'arrive à Lourdes le matin, il y a du monde qui m'attend sur le quai et pourtant je l'ai pas cherché. En vérité le deuxième jour, ils étaient cinq derrière le Frère Mouysset. Puis ça a été dix, et maintenant ils sont vingt ou trente! J'essaie de sortir par derrière mais il y en a toujours un pour me coincer. C'est assez pénible, car moi je préférerais être tranquille pour voir Galipsina, alors que je suis obligé d'avoir cette bande d'hurluberlus sur mes souliers et le Frère Mouysset devant avec l'encens. Ils me suivent partout dans les rues quel que soit le chemin que je prends pour rejoindre l'église Saint Paul-Serge. Ça me gêne beaucoup, et pas que moi, il y a même maintenant à chaque fois une voiture de police à cause du désordre de la voie publique. Le Frère Mouysset m'a donné une croix dorée que je dois tenir devant moi, et lui derrière il rayonne avec sa caisse métallique pleine de monnaie bien sonnante, parce qu'il se présente un peu comme mon agent de relation publique, ou quelque chose comme ça si vous voyez ce que je veux dire. Il a même embauché deux types pour faire la quête avec lui et vendre mon image photocopiée. Moi je dis que ça va trop loin et d'ailleurs la police s'en mêle et contrôle mon identité tous les jours comme si je risquais de changer d'un matin à l'autre. Ils me reprochent de perturber l'ordre public, et moi je leur dis que je suis bien d'accord pour qu'ils empêchent ça vu que j'ai rien demandé… et que c'est Fra Gérard-Marie qu'il faut convaincre. Là en général, ils lèvent les yeux au ciel ! Mais je tiens à dire qu'ils ne sont pas méchants avec moi. Je pense que ces processions ne peuvent plus continuer et qu'elles sont ridicules à la fin. Même ceux de la CGT de Toulouse en ont entendu parler par je ne sais quel mystère, et ils sont morts de rire, mais vraiment avec des larmes aux yeux que ça en deviendrait vexant.

La Sainteté est très compliquée. Heureusement qu'il y a ma douce Galipsina qui me rassure de tout. Je crois finalement que je ne la conseille pas trop mal, car elle a le sourire radieux et les yeux embués quand elle est avec moi ce qui prouve bien que je suis pile dans les voies du Seigneur et que notre petit coin de paradis est béni. Je veux dire celui où on s'allonge tous les deux sur la mousse et où l'on a envie de se donner des baisers mais là je crains un peu car ce n'est pas sûr que ce soit autorisé pour un Saint. Galipsina est prête à faire tout ce que je lui demande. Par exemple si je lui demandais d'enlever sa robe de nonne et de se retrouver toute nue dans la pureté de la création du Bon Dieu, je suis sûr qu'elle le ferait sans hésiter, mais j'ai vraiment la trouille de faire une bourde. Pourtant j'en ai bien envie. Je me dis qu'un Saint peut accéder aux choses sublimes que les autres n'ont pas, sauf que lui ne peut pas les faire justement parce qu'il est un Saint. Bien sûr ça tourne un peu en rond cette affaire, car alors à quoi bon être un Saint ?

Toutes ces choses de mystique et de mixité sont très compliquées mais c'est normal et de toute façon le vrai Mystère c'est que cette Galipsina si jolie et si dévouée demeure à mes côtés. Ça ne m'était jamais arrivé avant parce qu'un modeste mortel comme moi ne peut pas avoir une telle félicité sauf s'il devient un Saint, et alors là forcément ça prouve que le Bon Dieu existe et qu'il s'occupe enfin de moi.

J'espère que ces nouvelles preuves vous rassureront et calmeront votre colère. Je continuerai à vous tenir au courant comme je vous l'avais promis, mais il ne faudra pas mal le prendre ou être jaloux de moi, car ça vous rendrait malheureux.

Je vous prie de croire, mon Père, à mon entière et totale équinamité.

Barthélémy Parpot

le bulletin paroissial

Je veux réserver cette semaine le billet d'humeur de notre organe paroissial pour faire une mise en garde solennelle à vous tous et vous toutes mais plus encore à tous les pèlerins qui trouveraient notre modeste journal sur leur route.

La terre sainte de Lourdes est un havre pour tous les catholiques et tous les croyants sincères, mais il faut savoir qu'il est des esprits crapuleux qui n'hésitent pas à exploiter la piété et la bonté des chrétiens.

À chaque saison, nous dénombrons de faux visionnaires, de faux prêcheurs, de faux prophètes qui se réclament du Seigneur mais n'en ont jamais eu l'humilité ni l'amour!

Honte à eux! Mais attention à vous tous! Ces bonimenteurs n'en veulent qu'à votre argent. Aucun mensonge, aucun leurre ne les rebute. Rien ne peut les détourner de leur triste entreprise, et les forces de l'ordre souvent appelées ne peuvent que tenter quelques intimidations car l'arsenal juridique semble préserver ces escrocs. Inutile de dire que ces bandits savent les lois et qu'ils ne craignent pas notre police. Au contraire il en est qui la nargue!

C'est un faux saint homme qui provoque aujourd'hui ma légitime colère. Il arrive chaque jour par le train du matin et repart à la nuit tombée. On le voit accompagné de ses tristes acolytes dans les rues de Lourdes, avec pour le suivre de pauvres égarés chaque jour plus nombreux.

Il est de notre devoir à tous, clergé ou simple paroissien, d'interpeller ces gens qui se font rouler et d'oser dire à haute voix la forfaiture de cet homme... Faux saint, faux frère, faux chrétien... Ne craignons pas de propager la parole de Dieu, ne craignons pas de défendre les âmes simples des entreprises du diable.

Ayons le courage d'être catholique et vivons pleinement en la foi de notre Seigneur Jésus-Christ.

Abbé Pierre de Marcis

« Ach-hadou anne laa ilaal-laah, oua ach-hadou anna mouhammadane raçouloul-laah »

Mosquée de la Farouette
17 rue des Pradettes
31500 TOULOUSE

L'Imam Youssef Ibn Sliman

Cher Monsieur Parpot,

Vous me parlez du voile au nom duquel on persécute des jeunes filles et on insulte une communauté et sa religion, et c'est effectivement un grave problème sur lequel le Prophète (S & B sur lui) nous a éclairés.

Se couvrir est une obligation religieuse pour la femme en Islam comme le prouve la parole d'Allah dans le verset 59 de la sourate al Ahzab « Dis à tes épouses, à tes filles et aux femmes des croyants de se couvrir de leur voile ; c'est pour elles le meilleur moyen de se faire connaître et de ne pas être offensées » ou dans le verset 31 de la sourate an-Nour « Dis aux croyantes de rabattre leur voile sur leur poitrine, de ne montrer leurs atours qu'à leur époux et aux pères de leurs époux ». L'obligation de se couvrir ne fait donc pas de doute.

La preuve est encore renforcée dans la sunna quand le messager d'Allah (S & B sur lui) déclare « il ne convient pas qu'on voit d'elle plus que ceci et cela » en désignant son visage et ses mains. Il y a donc Unanimité sur le fait qu'une femme doit cacher ses cheveux et son cou, et d'ailleurs en Palestine, à l'époque du Christ, la Vierge Marie elle-même était voilée.

Cela dit, la femme peut se vêtir comme elle veut tant qu'elle couvre son corps. Il est bon de rappeler qu'il n'est pas exigé que la femme passe tous les instants ainsi couverte. Elle peut ôter le voile et se découvrir devant toutes les personnes définitivement inépousables ou quand elle est seule chez elle à faire tranquillement le ménage.

L'Islam peut vous paraître intransigeant mais si on enlève le voile c'est tout qui risque de partir avec, et très vite on peut en arriver à la misère de l'Occident qui expose ses femmes toutes nues à la télévision et dans les journaux. Chez nous, le corps de la femme est awra, « chose restant à découvrir », ce qui sanctifie et légitime la pudeur. En Occident l'homme est blasé, et à force de ne rien respecter, il ne lui reste plus qu'un parterre de déceptions à fouler.

Mais l'Islam sait aussi exalter l'ardeur sexuelle. Le mariage est recommandé par le Coran et en particulier par la sunna. Il est considéré comme un bienfait, et l'homme doit bien en profiter comme dit le verset 233 de la deuxième Sourate « Vos femmes sont pour vous un champ de labour. Allez à votre champ comme vous le voudrez ». C'est pourquoi dans certains contextes familiaux ou pour les natures fortes qui ont les moyens, le Coran admet la polygamie, mais sans jamais l'encourager et en la limitant de toute façon à quatre épouses.

Mais ne vous inquiétez pas, une seule femme suffira à faire de vous un bon musulman. Il n'est pas besoin de se poser tant de questions, l'Islam a de nombreux savants qui ont réfléchi au texte et qui sauront toujours vous apporter les bonnes réponses aux questions que vous vous posez, mais pour bien en profiter il faut être avant tout un bon musulman qui obéit aux cinq préceptes dont je vous ai parlé.

Vous devez venir me voir bien vite, même seul, et si vous acceptez les femmes répudiées comme vous le dites et si vous pouvez leur donner une dot, je saurai vous trouver une bonne épouse dans une famille sérieuse. Vous verrez qu'avec l'aide de Dieu tout sera simple et sans soucis pour vous. Inecha Allah.

Youssef Ibn Sliman

Barthélémy Parpot
18 rue Bayard
31000 Toulouse

Père Dominique Pénide
Basilique Saint Sernin
Place Saint Sernin
31000 Toulouse

Toulouse le 5 août 2000

Mon Père,

Je vous écris pour que vous m'aidiez à me débarrasser de votre collègue Fra Gérard-Marie qui devient très embêtant. Je sais qu'il faut aimer son prochain mais lui il est vraiment trop pénible et ça empire tous les jours.

Hier quand je suis arrivé à l'église Saint Paul-Serge j'ai trouvé plus de vingt brancards et même trente alignés dans la rue. Le Frère Mouysset m'a demandé de poser ma main sur le front de chacun des malades en disant une prière à haute voix. Moi je voulais pas mais il est devenu mauvais avec ses sourcils embroussaillés et il m'a dit que tous ces gens avaient payé cher pour être guéris et que j'avais intérêt à m'y mettre. Je lui ai expliqué que je ne pouvais pas guérir ces malheureux parce que la Sainteté ça ne fait pas des claquettes au coin de la rue à la demande, et il m'a répondu que je n'avais qu'à leur promettre la guérison pour le soir de Noël vu qu'ils seraient tous repartis chez eux et qu'ils ne pourraient pas nous faire de tracasseries.

J'aurais bien aimé pouvoir guérir ces pauvres personnes mais fallait pas rêver. Je me suis approché d'eux pour m'excuser de les avoir fait attendre pour rien, et là ça a été terrible. Je me suis retrouvé face à une fillette de cinq ou six ans, qui était assise dans un fauteuil roulant trop grand pour elle. Elle avait de grands yeux verts et des taches de rousseur sur les joues. On aurait dit Elsa enfant sauf que celle-ci avait un air doux et fatigué. J'étais bouleversé et furieux contre Mouysset. Elle avait deux moignons de jambes qui dépassaient pas de sa jupette à carreaux. Sa mère, les mains jointes, m'a dit que c'était à cause d'un chauffard. Les yeux de la petite brillaient d'espoir, c'était affreux, même Jésus n'a jamais réussi un truc pareil. Ce n'était pas possible. J'ai dit au Frère Mouysset qu'il ne comprenait rien à sa propre religion et qu'on allait vous téléphoner pour que vous lui expliquiez les Évangiles, mais il m'a attrapé par le col avec son air méchant et il m'a dit textuellement « Si tu ne fais pas ce que je t'ai dit, je ne te laisserai plus jamais revoir ta jolie nonne, et crois-moi je saurai comment faire ! » et il a ponctué ça d'un terrible coup de pied dans ma cheville droite.

J'ai honte de vous l'avouer mais j'ai fini par lui obéir et je suis passé en boitant de malade en malade. J'étais scandalisé par ses méthodes si peu catholiques, et quand j'ai récité les prières, j'ai senti le goût de la honte sur ma langue. J'essayais toutes les formules que je connaissais des fois qu'il y en ait qui marchent mieux que d'autres. En finissant je leur disais que l'Esprit Saint descendrait sur eux au plus tard à Noël, mais qu'il fallait pas s'y tromper, c'était Dieu qui avait le dernier mot sur tout ça et qu'ils ne m'en veuillent pas trop si ça marchait pas comme prévu. J'avais les yeux pleins de larmes, et certains cherchaient gentiment à me rassurer même que la petite du premier rang avec les deux moignons m'a dit « Ça marchera ! » et ça m'a encore plus accablé.

J'ai dû faire ce simulacre trente fois avec le Frère Mouysset derrière qui me collait des coups de coude ou des coups de pied dès que je tentais de me défiler. Je ne comprends pas que l'Église catholique embauche des gens comme lui et le manque de personnel n'est pas une excuse surtout en période de chômage.

A mon avis, il ne faut pas mentir et faire des promesses inconsidérées parce que si votre promesse de paradis est du même acabit j'en connais beaucoup qui vont être déçus après le dernier souffle et qui von t regretter de n'avoir pas profité davantage de la bamboula. Et puis moi par exemple si On me fait des signes et des promesses d'Apparition et qu'ensuite ce soit peau de lapin chagrin, je ne sais pas de quoi je peux être capable parce que la Déception ça peut conduire très vite aux bêtises tragiques qu'on regrette tout le restant de sa vie.

J'étais épuisé en arrivant au bout d'autant qu'il y avait aussi des grincheux qui voulaient exactement savoir le jour où ils seraient guéris, même qu'ils disaient « Au prix que ça coûte, on peut quand même savoir la date ! » Le dernier passé, j'ai enfin pu m'enfuir avec Galipsina qui n'en revenait pas de tous ces miracles à la chaîne, mais j'ai pas eu le cœur à lui avouer que tout ça n'allait pas marcher.

Quand je lui ai dit que le seul vrai miracle était d'être ensemble allongés sur la mousse, elle a été très émue et elle m'a indiqué un endroit secret dans les replis de sa robe où l'on peut passer la main pour se gratter. Elle y a guidé la mienne et j'ai effleuré son corps tout nu en dessous, pour aller jusqu'à son petit cœur qui palpitait comme un fou selon les bons vœux du Bon Dieu.

Je vous tiens évidemment au courant et je continue à répéter assidûment que Bon Dieu est Bon Dieu, qu'il n'y a pas d'autres bons dieux que Bon Dieu et que Jésus est son prophète.

Barthélémy Parpot

Père Dominique Pénide
Basilique Saint Sernin
Place Saint Sernin – 31000 Toulouse

À l'attention de :
Barthélémy Parpot
18 rue Bayard – 31000 Toulouse

Toulouse le 6 août 2000

Mon Fils,

Il faut que vous arrêtiez immédiatement vos errances et vos mensonges !

Il est inutile de se recommander de Dieu et de le bafouer par une conduite indigne.

L'article paru dans le Bulletin paroissial de Lourdes, sur votre scandaleux comportement, a jeté un certain émoi dans la hiérarchie de notre évêché.

Vous êtes au centre de ce qui pourrait devenir un scandale, et le secrétaire de notre évêque m'a téléphoné en personne pour que je vous ramène à la raison, et je peux vous assurer que ses mots étaient fermes.

Je suis même aussitôt parti à votre domicile, au 18 rue Bayard, où je n'ai pas eu la chance de vous trouver.

J'ai assez de charges sans aller en plus faire le guet devant votre porte. Alors dès que vous aurez reçu cette lettre, vous allez immédiatement venir à la basilique St Sernin. Vous me demanderez et on parlera sérieusement.

Je ne vous cache pas que vous vous êtes engagé dans la voie du péché mortel qui risque de vous fermer à jamais la porte de notre Seigneur et du Paradis.

Cessez de fréquenter ce Frère Mouysset qui est un mauvais homme, un escroc qui ne cherche qu'à soutirer de l'argent à nos braves pèlerins... Il est d'ailleurs inutile de me demander des conseils à ce sujet, il vous suffit de ne plus vous rendre à Lourdes.

Mais surtout, et c'est là le plus grave, vous êtes en train de commettre le plus terrible des péchés avec cette jeune nonne qui semble être un esprit faible et que vous risquez de perdre à jamais ! Est-ce donc ce que vous voulez ?

Barthélémy vous n'êtes pas un Saint ! Personne ne peut s'arroger les manières ou le titre de Saint, car celui qui le ferait ne pourrait, de ce fait même, l'être ou le devenir... C'est un peu subtil, mais qu'importe c'est ainsi.

Je vous le redis : Cessez avec cette pauvre nonne ! Et puisque vous n'êtes pas et ne serez jamais un Saint, essayez au moins de ne pas devenir un suppôt du diable !

Vous êtes en état de péché, plus proche des desseins de Satan que de ceux du Bon Dieu !

La Sainte Église Catholique vous interdit, à partir de ce jour, de vous rendre à Lourdes sous peine des plus terribles châtiments.

Je vous attends au plus vite, car sans votre repentir et une conduite meilleure, mes plus ferventes prières ne pourront rien pour vous !

Père Dominique Pénide

Consistoire Juif de France
8 rue des Jeûneurs
75009 Paris

Barthélémy Parpot
18 Rue Bayard – 31000 Toulouse

Toulouse le 9 août 2000

Cher Monsieur,

Votre lettre du 30 juin 2003 que le Rabbin Chaikin nous a transmise le 4 juillet 2003, montre un sentiment d'amour du peuple d'Israël qui est positif et qui n'est malheureusement pas partagé par tous les membres des nations. Mais sachez surtout que ces sentiments ne vous engagent en rien, et ne vous croyez pas obligé à désirer une conversion au judaïsme que celui-ci ne préconise d'aucune manière. Vous pouvez tout à fait vivre vos sentiments en restant qui vous êtes. On peut s'aimer en étant différent suivant les qualités de chaque peuple.

Il y a cependant un rapprochement qui ne nécessite aucune conversion mais simplement l'observance par les justes des nations du monde des sept lois données à Noé, qu'on nomme les sept mitsvoth, et cette stricte obéissance, qui est déjà en soi difficile, est certainement une première réponse à votre quête angoissée de Dieu.

Il ne semble pas que vous ayez réellement mesuré que la conversion est une immense responsabilité et que l'engagement de respecter les 613 lois de la Torah est un pénible joug à supporter. Au cas inconsidéré où vous poursuivriez toutefois dans la volonté de vous convertir ce que je vous déconseille, vous devriez étudier la Torah en profondeur, passer un examen écrit qui comporte 280 questions, apprendre l'hébreu, et vous faire circoncire si vous ne l'êtes pas déjà.

Cela peut vous paraître contraignant mais les juifs ont une vision positive de la vie, et toutes ces règles n'ont d'autre but que de se souvenir que l'homme a une dignité et qu'il n'est pas, comme les animaux, guidé par son seul instinct.

Je vous rappelle que les juifs ne sont ni une race, ni une religion, ni une nation mais un peuple. Le judaïsme est plus qu'une religion. C'est une façon de vivre avec des normes de conduite, ce qui explique que les juifs de notre peuple puissent aussi être laïques tout en se reconnaissant comme juifs. Là en revanche est la limite de la conversion.

Dans votre lettre, l'attente de la révélation semble démesurée et vos motivations peu compréhensibles notamment en ce qui concerne cette jeune catholique polonaise, et c'est pourquoi nous vous conseillons de ne pas vous engager dans une voie difficile et peu à même de répondre à vos espérances.

Vous pouvez cependant aller parler au Rabbin Chaikin qui vous expliquera de vive voix ce qui est le mieux pour vous et comment retrouver le chemin de l'Église catholique romaine.

Je vous souhaite un cordial Shalom de Paris.

Rav Cohen-Priggyne

Frère Gérard-Marie Mouysset
Religieux de la Congrégation de Marie Corédemptrice
22 rue de la Grotte
65100 Lourdes

Lourdes le 10 août 2000

Cher Barthélémy Parpot,

Je porte à votre connaissance par la présente que je vous remettrai moi-même en main propre, la preuve formelle et imprescriptible de votre Sainteté.

C'est avec la ferveur de celui qui annonce la bonne nouvelle, que je recopie ci-après trois quatrains extraits, après de longues et délicates réflexions, des Centuries que le Grand Nostradamus a rédigées en l'An 1555.

Je tiens à vous préciser que lesdites prédictions se sont expressément vérifiées de nombreuses fois et de manière non opposable au cours de l'Histoire, avec notamment l'arrestation du Roi Louis XVI à Varennes et la venue de l'Empereur Napoléon pour ne parler que des plus connues.

Vous êtes clairement mentionné dans l'un des quatrains que je vous conseille de méditer durant vos trajets en train. Il s'agit du § VIII 13 qui vous désigne nommément derrière les prudents artifices dont Nostradamus a dû user pour préserver son intégrité personnelle face aux attaques du clergé en matière de sorcellerie et d'hérésie. J'ai également repris les deux strophes voisines qui éclairent parfaitement le contexte de ces prédictions :

VIII, 12
Pendant que les Quince de Toulouse
Seront unis, Castres, Bègles & Perpigna
Seront desfaits de la Confédération
Sur le pré carré des Princes

VIII, 13
En terre de Bigorre, peu avant Saint Berthélémy
Pendant subjets lui viendront faire accueil
Par trois fois apparoistra
Avant maux sang et tous les fers

VIII, 14
Le croisé frère par amour effréné
Fera par Praytus Bellophoron allégeance
Beu breuvage et femme enfermée
Rompra tierce résistance du Créateur

Vous conviendrez vous-même qu'on ne peut pas être plus explicite en ce qui vous concerne, et il vous appartient désormais d'en tirer les conséquences et d'accepter pleinement votre sainteté et les missions liées à celles-ci.

Je vous rappelle qu'un Saint Homme ne saurait se soustraire aux obligations d'humanité élémentaires, qui consistent notamment à soulager son prochain, à soigner les malades que Dieu met sur sa route et à cesser une fois pour toutes avec la fausse modestie et l'humilité d'opérette.

J'espère que cette preuve formelle saura vous amener à une conduite digne d'un Saint dûment désigné il y a plusieurs siècles par le plus grand astrologue de la Renaissance, et que vous répondrez désormais à l'attente des fidèles avec ardeur.

Que la paix soit avec vous !

Frère Mouysset

PS : Je vous signale que le frère de l'imprimeur des Centuries s'appelait Barthélémy !

L'ÉQUIPE

LE QUINZE TOULOUSAIN REMPORTE LE TROPHÉE « ÉMILE LACROIX »

Pour cette première édition estivale de ce nouveau trophée qui vient combler le vide de l'intersaison, les spectateurs ont pu assister à de belles rencontres qui ont été ponctuées par une magnifique finale où pas moins de huit essais ont été marqués par les deux équipes.

C'est finalement le Stade Toulousain qui après avoir battu Perpignan et Biarritz en poule, s'est imposé face à Castres par 43 à 18. Pendant le même temps, Montferrand s'adjugeait la troisième place au détriment de Tarbes battu 23 à 5.

De cette rencontre, on retiendra notamment les trois essais de Garbajoza déjà en grande forme et l'affluence record puisque pas moins de 12 400 spectateurs s'étaient rendus au stade d'Armandie.

Temps clair, Arbitre M. Louis, 12 467 spectateurs

Pour Toulouse : 5 essais (Garbajoza 11ᵉ, 56ᵉ, 64ᵉ, Jauzion 28ᵉ, Labit 59ᵉ), 4 pénalités et 3 transformations (Michalak)

Pour Castres : 3 essais (Fabre 4ᵉ, 30ᵉ, Pujol 78ᵉ) 1 drop (Tureau 20ᵉ)

Galipsina Walenska
Couvent des Ursulines
Rue des Saints Pères
65100 Lourdes

À l'attention de Barthélémy Parpot

Cher Barthélémy

Je ne pourrai pas venir aujourd'hui ni demain à cause de la fête de Marie qui nous occupe durant toute cette semaine.
On chante beaucoup à chaque office et ça me ravit. Parfois je vous imagine au milieu de nous toutes en train de répandre vos bienfaits et j'en souris de contentement.
Hier comme chaque matin, je suis allée faire la lecture à notre Mère Supérieure. J'avais choisi un livre qu'elle aime beaucoup, celui sur la « Vie des Saints » de l'abbé Fleury. Je l'ai innocemment ouvert à la page sur Saint Barthélémy et je l'ai lue avec tant de ferveur que la Mère Supérieure m'a à un moment reproché d'être trop émotive. Ça m'a fait rire ! Si elle savait... À ce sujet j'ai une bonne nouvelle : je me suis arrangée pour être libre vendredi soir et venir attendre avec vous l'Apparition dans notre petit coin de Paradis.
Je confie ce mot à notre jardinier qui est un homme serviable. Je lui ai décrit comment vous êtes toujours à prier au premier rang et je suis sûre qu'il va vous trouver.

À très bientôt,
Je prie et je chante pour vous.

Galipsina

PS : J'allais oublier de vous dire quelque chose de merveilleux que j'ai lu dans ce livre. Savez-vous que Barthélémy vient de l'hébreu « Bar Talmaï » qui veut dire « fils de Talmaï » ou encore « fils qui arrête les eaux » ? Et savez-vous que certaines nuits quand les larmes envahissent mes yeux sans raison, c'est seulement en pensant à vous que j'arrive à m'arrêter de pleurer ? C'est extraordinaire. Je chante et je prie pour vous.

ENSEIGNEMENT

4 et 5 SEPTEMBRE **LAMA DROUPI**

LES ÉMOTIONS

Lorsque les émotions sont reconnues en leur essence sans être récupérées par la saisie égoïste, elles se manifestent comme sagesses.

Celles-ci représentent la capacité qu'a l'esprit d'accomplir les deux bienfaits (le sien et celui des autres) de façon spontanée et non conceptuelle.

Lama Droupi explique le sens des sagesses et le moyen de les réaliser au travers des corps. Il montre que c'est sur la base de l'acceptation de nos qualités et défauts, de notre histoire personnelle, et de nos actions et aventures quotidiennes (envers soi et les autres) que nous sommes à même de cultiver une action lucide et bienveillante avec le monde et les autres.

INSCRIPTION :

- Au Centre de Cantemerle par téléphone 0565235858 ou e-mail stage@amaury.com
- Pour se rendre au Centre : Aller jusqu'à Cahors, prendre la direction Toulouse, puis l'embranchement à droite vers Lauzerte. Aller jusqu'à Lascabanes puis suivre les panneaux Cantemerle.
- Frais de stage : 65 F/jour ou 110 F/jour en pension complète

---

Le fonctionnement du centre est basé sur la générosité.
Si vous souhaitez apporter votre soutien, vous pouvez le faire
- Par chèque libellé à l'ordre de « SNC Amaury »
- Par virement mensuel au Crédit Lyonnais de Cahors
Compte : 673512 Rib 21

Barthélémy Parpot
18 rue Bayard
31000 Toulouse

Toulouse le 20 août 2000

Ma chère petite Maman,

Cette fois ça y est ! Tous les signes sont là et le Bon Dieu m'a fait passer un message très clair d'un certain Nostradamus. L'Apparition est pour après-demain, à la veille de la Saint Barthélémy ce qui est très gentil comme attention. Je ne peux pas t'expliquer en détail mais ça ne fait plus aucun doute depuis que le Stade Toulousain a gagné la finale comme prévu au quatrain qui est avant le mien.

Je vais donc enfin avoir la Foi, mais entre nous je peux te dire que je crois déjà en Dieu et que je le remercie chaque jour des bonnes intentions qu'il a pour moi. L'Apparition c'est juste pour me rassurer définitivement et apprendre comment guider avec impermanence et équinamité ma douce Galipsina. Je regrette seulement qu'On ne m'ait pas remarqué avant parce que ma vie aurait été plus douce, et toi aussi tu aurais dû croire en Dieu plutôt qu'à ce Marx qui n'a jamais rien fait pour toi, sauf de te ramener saoule des fêtes d'Issanka ce qui n'a rien d'un miracle, mais bon comme dit la Bible, le passé c'est le passé.

Désormais je vis avec Dieu et je passe mes journées à chercher à interpréter les signes qu'il sème autour de moi. Ma vie est plus légère, car il m'envoie aussi des gens qui s'occupent bien de moi avec des réponses amicales, et puis surtout cet ange qui m'accompagne en me laissant croire que c'est moi qui le guide... C'est vraiment de la subtilité métaphysique comme on en voit plus. Il n'y a que le Bon Dieu pour être aussi Délicat de nos jours. D'ailleurs Dieu a la même première lettre que Délicatesse, Délices et Désirs.

Il pousse même le raffinement jusqu'à mettre des obstacles entre moi et mon Ange, en général ce sont ses employés comme la Mère Supérieure ou le Frère Mouysset qui s'en chargent, et tout ça pour rendre nos rencontres encore plus merveilleuses. Seuls les vrais croyants comme moi peuvent apprécier car il faut avoir une vision positive de la vie et bien sentir que tous ces obstacles ont été mis là pour se souvenir que l'homme a une dignité et qu'il n'est pas comme les animaux guidé par le seul instinct. C'est sûr que les gens pas éclairés râleraient de pas pouvoir rencontrer librement leur Ange mais moi je vois bien que le Bon Dieu est un sacré malin pour les affaires du cœur des hommes, ce qui est normal vu que c'est lui qui les a créés.

J'espère que tu comprends que ma vie est soudain très remplie et que je ne peux plus venir tous les jours au cimetière comme avant. Ce n'est pas que je pense moins à toi mais j'ai les voyages à Lourdes, les cinq prières en arabe de l'Imam, les matines les laudes et les autres de Galipsina, les quatre incommensurables, plus les ablutions à la mode de Mahomet qui sont terriblement compliquées avec l'auriculaire gauche là, le petit doigt ici, un coup il y a la cheville un coup elle y est pas. Je ne sais même pas où je vais pouvoir caser les prières en hébreu quand elles vont m'arriver... Mais je vais te dire un secret, à force de me compliquer la vie avec tout ce que j'ai à faire, je crois qu'en vérité je me la simplifie et que c'est peut être ça le Mystère de la Foi, mais chut!

Dans ma prochaine lettre je te raconterai l'Apparition avec tous les détails et toutes les précisions,

Je t'embrasse très fort et je t'amène demain le joli liseron que Lili m'a donné hier.

Ton saint de fils Barthélémy

Barthélémy Parpot
18 Rue Bayard
31000 Toulouse

Consistoire Juif de France
8 rue des Jeûneurs
75009 Paris

Toulouse le 22 août 2000

Monsieur le Rabbin du Consistoire

Je suis très honoré de votre réponse qui est pleine de sollicitude et qui veut me protéger du joug des 613 lois de la Torah mais je dois vous préciser que j'ai l'habitude d'être malheureux et de supporter tout ce qui n'arrête pas de me tomber dessus, même que le Père Pénide pense que je suis un peu persécuté comme Job.

Dans ma dernière lettre, j'ai oublié de vous dire car je ne le savais pas encore, que mon prénom vient de l'hébreu et veut dire fils d'un certain Talmaï, ce qui ne peut que nous rapprocher évidemment.

Enfin il faut que vous sachiez que je suis en odeur de sainteté depuis trois semaines et qu'On s'intéresse à moi. Si je peux me permettre un conseil d'ami, il serait mal venu de votre part de ne pas m'accueillir à bras ouverts… Ce n'est pas du tout pour vous menacer, mais On pourrait vous en vouloir en Haut Lieu, surtout qu'il paraît que vous avez pas toujours fait preuve de discernement dans le passé. Enfin moi je vous aurai prévenu et si vous faites une bourde ce sera pas à cause de mon manque de compassion.

Je vous adresse mon slalom de Toulouse

Barthélémy Parpot

PS : Auriez-vous chez vous quelque savant comme Abû Hanifâ pour être dispensé de la circoncision de la bistouquette ?

Galipsina Walenska
Couvent des Ursulines
Rue des Saints Pères
65100 Lourdes

Sœur Antonia Solenski
Couvent de Kluzek
Gory 12, Province de Plock
Pologne

Ma chère et douce Antonia,

Je n'ai toujours pas reçu de réponse à mes deux premières lettres, mais je savais que le courrier serait long jusqu'à notre couvent perdu au fond de la campagne.
J'espère au moins que tu as eu mes lettres et que tu t'occupes bien de notre carré de fleurs à Kluzek. Dis-moi si nos capucines sont sorties et de quelle couleur Dieu les a fait naître.
Ici, notre Mère Supérieure se rétablit. J'ai surpris une conversation avec Sœur Maria, et il serait question que nous rentrions dès la fin de la semaine prochaine. Cela me ravit et me peine à la fois.
Je crois que j'ai beaucoup changé. J'ai une assurance nouvelle en moi, comme une confiance radieuse qui baigne mon cœur, et c'est vraiment grâce à mon ami Barthélémy ! Je ne crains même pas de le perdre en quittant la France, car je sais qu'il inventera quelques menus miracles pour demeurer près de moi.
Tout n'est cependant pas réglé et des doutes

continuent à agiter mon âme. Enfin je veux dire des doutes sur ma vie au couvent, car je n'en ai aucun sur la grandeur et la beauté de Jésus Christ. Je comprends mal la nécessité de cette vie recluse sans voir personne alors qu'il y a tant de gens intéressants avec qui on peut parler, et j'accepte de plus en plus difficilement la volonté de mes parents.

Figure-toi Antonia que mon ami Barthélémy sait aussi apaiser ces angoisses-là. Il est miraculeux, je te le dis, comme le Christ, il suffit qu'il appose ses mains sur mon corps pour qu'aussitôt mon âme soit soulagée. Ce n'est pas croyable !

Il m'a promis de me faire rencontrer la Vierge vendredi soir. Je suis très impatiente. Nous avons rendez-vous pour passer la nuit à la belle étoile et rencontrer la nôtre comme il dit. C'est joli tu ne trouves pas ?

Je vais te laisser, sans doute allons-nous nous revoir bientôt. Il me tarde que tu rencontres mon ami Barthélémy, tu verras comme il est gentil, il te plaira sans doute, et je lui demanderai de faire un beau miracle rien que pour toi !

À très bientôt mon amie,

Je prie chaque soir pour toi,

Galipsina

Barthélémy Parpot
18 rue Bayard
31000 Toulouse

Centre Bouddhique de Dhagpo Ming Kaygu
Cantemerle — 46 800 Lascabanes

Toulouse le 24 août 2000

Madame, chère Anne-Marie

Je me permets de vous écrire une nouvelle fois car votre dernière lettre était très encourageante, et aussi parce qu'il m'est arrivé quelque chose de trop merveilleux pour que je le garde pour moi tout seul.

D'habitude je me confie à ma maman qui est enterrée au cimetière de Terre Cabade, mais là je ne peux pas car ça concerne des choses de l'intimité, et je peux pas davantage avec le Père Pénide qui est secrètement jaloux de ma Galipsina à cause de l'abstinence qui le rend méchant, crispé et envieux. À vous, je peux le dire car vous êtes l'amie du Lama Droupi qui enseigne l'acceptation de nos actions et aventures quotidiennes envers soi et les autres ce qui est pile le cas qui m'arrive.

Donc ce vendredi, je ne suis pas allé à Lourdes le matin, même que j'aurais aimé voir la tête du Frère Mouysset sur le quai quand je ne suis pas arrivé. Il a dû attendre les trains suivants en me maudissant avec les pires gros mots parce qu'il parle vraiment comme un charretier. Enfin le soir, personne n'était là et j'étais bien content. J'ai filé directement jusqu'à notre paradis secret de la forêt en évitant la ville à cause des mauvaises rencontres toujours possibles. J'ai juste fait une prière au crucifix des deux chemins, puis j'ai pris le sentier entre les sapins. Une fois arrivé, j'ai étendu la couverture que j'avais amenée au cas où il y ait de la fraîcheur et j'ai installé dessus les tranches de jambon, la boîte de Vache qui rit, la bouteille de limonade et les deux gobelets, mais j'ai laissé la baguette de pain et deux pommes dans le sac en plastique à cause des fourmis.

Galipsina m'avait promis de me rejoindre juste après avoir couché la Mère Supérieure parce qu'avant c'était pas possible. C'est elle qui lui porte la tisane avec le remède somnifère et qui lui fait la lecture des passages de l'Évangile selon Saint Luc qui est son préféré. Je l'avais autorisée à doubler le remède somnifère du soir pour que l'autre dorme bien et n'aille pas encore faire des histoires au milieu de la nuit parce que cette vieille chipie toute Mère Supérieure qu'elle est, est une vraie mauvaiseté! Ensuite Galipsina devait aller aux vêpres ou aux complies je sais plus et en profiter pour me rejoindre au moment de la nuit qui tombe.

Je l'attendais avec sérénité et pas inquiet comme des fois parce que le Bon Dieu s'occupait de moi et qu'il allait tout de même pas m'abandonner après tous les efforts et les signes de ces dernières semaines.

L'étoile polaire est apparue et puis une autre orangée et d'autres encore, jusqu'à ce que j'entende Galipsina se faufiler entre les branches. Je me suis levé pour aller à sa rencontre et je l'ai prise dans mes bras. On s'est serrés très fort l'un contre l'autre puis on s'est installés mais Galipsina n'avait pas faim parce qu'elle avait mangé avant au réfectoire avec les autres sœurs comme ça se fait, même qu'elles font toutes la vaisselle ensemble et sans parler. Moi non plus je n'avais pas faim à cause de l'importance de la soirée, et bien vite on s'est allongés sur la couverture comme on a l'habitude de faire et on s'est racontés des choses de notre vie et puis des choses qu'on pensait l'un de l'autre et qui étaient toutes bien agréables à entendre. Tout ça a duré longtemps, même que la nuit avait fini de tomber et que le bruissement des grands arbres commençait à nous bercer sauf qu'on avait pas du tout sommeil. Au contraire on en était plutôt à s'agacer et à sursauter au moindre craquement du silence. Puis tout à coup, une étrange solennité nous a saisis l'un et l'autre en même temps. Ma main qui s'était depuis longtemps faufilée dans la robe de Galipsina, a commencé à s'aventurer au-delà de son petit cœur comme poussée par une ardente force mystique et nous nous sommes sentis à l'unisson. D'ailleurs à un moment Galipsina m'a demandé en rougissant la permission de me toucher aussi comme si j'étais une sainte relique, et comme j'ai dit oui, elle a défait deux boutons de ma chemise et glissé ses longs doigts sur mon corps tendu et je vous dis pas l'effet que ça m'a fait. Il était peut-être déjà minuit, et à un moment on a vu un tas d'étoiles filantes comme jamais on en avait vu, et Galipsina a déclaré que c'était un signe de Dieu avec d'autant plus de certitude que je lui avais pas dit que c'était une bonne nuit pour les étoiles filantes et qu'elle lit pas les journaux.

On avait de plus en plus chaud alors que le soleil n'était plus là depuis bien longtemps. Je lui ai dit que je brûlais comme d'un feu à l'intérieur de moi, elle m'a dit que c'était pareil pour elle. Alors sans plus rien dire, elle a dénoué quelques nœuds cachés et laissé glisser à terre sa robe blanche. Elle était debout toute nue sauf la culotte, le soutien-gorge et le voile, éclairée par la lune, elle a écarté les bras et s'est écriée : « Oh comme c'est bon ! Que l'air est doux ! » Je lui ai proposé d'ôter son voile, et elle ne se l'est pas fait dire deux fois. Elle l'avait gardé parce que des fois j'avais l'air d'y accorder de l'importance à cause de l'imam qui plaisante pas avec la sourate numéro deux, encore que le cas où la femme est déjà en petite culotte n'est pas explicitement abordé. Elle l'a défait et ses merveilleux cheveux ont roulé sur ses épaules. Sa blondeur lumineuse captait les rayons de lune. Alors maintenant elle était toute nue sauf la culotte et le soutien-gorge, et aussi un bandeau qui empêchait ses cheveux de venir sur son visage. Elle a dit « Oh que c'est bien ! Faites pareil Barthélémy, faites pareil ! »

J'osais pas trop, comme ça au milieu de la forêt, il me semblait pas que c'était un truc de Saint Homme, sauf que je me répétais « Puissent tous les êtres sans aucune exception connaître le bonheur et pratiquer les causes qui les mèneront au bonheur » et qu'il n'y avait rien qui puisse à ce moment me faire plus plaisir que d'être contre elle dans l'habit que nous a donné le Bon Dieu.

Alors je l'ai fait, puis je me suis agenouillé à ses pieds non pas pour prier mais pour lentement faire rouler sa culotte de coton le long de ses cuisses, puis l'accompagner religieusement, enfin c'est juste une expression, jusqu'à ses chevilles pour, soulevant l'une puis l'autre, la lui ôter. Elle poussa un immense soupir de bien-être et d'un geste comme pour me remercier elle empoigna ma tête avec ses deux mains et la pressa contre son ventre. Ça a été une sensation extraordinaire bien au-delà de tout ce qui peut être exprimé avec des mots, et j'ai saisi ses deux fesses, une dans chaque main, pour que cette sainte attitude de ferveur puisse durer le plus longtemps possible. Bien sûr à un moment je me suis dit que si Vierge Marie déboulait, j'allais être rudement ennuyé, parce qu'inconsciemment je pensais qu'elle pouvait être jalouse et me faire un esclandre. Après tout Vierge Marie était une femme, et donc par nature jalouse comme a dit le Prophète (S & B sur lui) qui avait neuf femmes et qui s'y connaissait. Mais bon, elle pouvait aussi patienter deux minutes, moi ça faisait des années que j'attendais.

Il y a eu un hululement de chouette, pile au moment où je glissais avec mes lèvres et ma langue à peine en dessous de là où j'étais, et Galipsina a poussé un petit cri d'émerveillement comme un « oh » qu'on dit au feu d'artifice du 14 juillet ce qui m'a fait croire qu'elle venait d'apercevoir un nouveau bouquet d'étoiles filantes. Ses mains se sont crispées sur ma nuque, et d'une voix rauque que je ne lui connaissais pas, elle a dit « Encore ». J'ai repris mes petits baisers, et elle me soufflait « Encore, encore » à tel point que j'ai cru que ce n'était plus de Galipsina que je serrais les fesses mais d'une autre… et tout d'un coup j'ai commencé à comprendre que les apparitions ne sont jamais comme on croit parce qu'elles sont par essence inattendues, mais que ça fait le même effet et que ça vous transporte pareil, sauf que c'est légèrement différent. Puis ses jambes ont tremblé comme si elles se dérobaient et elle s'est agenouillée à son tour, avec maladresse si bien qu'on a basculé et qu'on s'est retrouvés allongés l'un contre l'autre.

Son visage était méconnaissable, ses traits détendus comme d'une autre, ses yeux brillaient et sa bouche avait un sourire que je ne lui avais jamais vu. Elle était une autre, c'était de plus en plus sûr, elle faisait des choses d'elle-même sans que je le lui dise, je veux dire que je ne la guidais plus vraiment, comme par exemple sa manière de faire glisser ses doigts fins partout sur moi. Et puis tout s'est passé sans que je le veuille réellement comme dans un balancement ou un retournement, à cause du terrain légèrement en pente, et nous sens dessus dessous dans le sens où l'on roule naturellement, et tout d'un coup ça a été plus merveilleux encore, comme un bien-être absolu partout en nous en moi en elle qui me disait « Oh mon Parpot, oh mon Parpot ! » et moi qui ne pouvais que murmurer son prénom au creux de son oreille. Je m'emmêlais entre Galipsina et Marie tellement je savais plus à qui j'avais affaire, mais elle ne semblait pas s'en offusquer ce qui était aussi une preuve divine. Ça a dû durer trois ou quatre ou cinq minutes. Mes mains étaient partout sur son corps pour ne pas en perdre une miette. Le ciel chavirait d'étoiles qui fusaient de toutes parts, les odeurs de la forêt nous enivraient et tous les oiseaux de la nuit s'y mettaient de concert… Nous venions d'entrer au Paradis.

Galipsina s'était métamorphosée, et là maintenant j'en étais sûr, l'Apparition c'était elle! La transformation de ma petite Galipsina m'était offerte, j'écoutais ses mots avec dévotion et je lui posais même des questions car j'espérais recevoir les commandements de notre Seigneur par la bouche de Galipsina. Elle me disait la douceur et l'amour de Dieu qui était si infini et si inattendu comme il venait de nous le prouver, elle me disait qu'il fallait avoir confiance en Dieu, que j'étais un Saint un vrai de vrai et qu'elle allait me présenter à la Mère Supérieure. Je la laissais dire mais je voyais pas ce que la vioque venait faire là-dedans. Ça m'aurait même plutôt contrarié, après tout on était directement avec Dieu et les étoiles du ciel, et on avait besoin de personne et surtout pas des laborieux qui comprennent rien à l'enchantement.

La nuit a un peu fraîchi, on a rabattu la couverture sur nous et dans la chaleur retrouvée, le miracle s'est alors à nouveau produit, comme ça par trois fois coup sur coup, dans l'extase divine et la béatitude. Plus tard, bien plus tard, nous avons plongé tous les deux enserrés l'un contre l'autre dans un grand sommeil plein de rêves et de caresses. Nous nous sommes réveillés tard, le soleil effleurait la colline derrière nous. Galipsina avait retrouvé son visage après les trois apparitions de la nuit, sauf qu'il était encore plus doux et qu'elle me regardait avec une reconnaissance infinie.

Depuis ces instants bénis, je sais que Dieu existe. Je peux le répéter cent fois dans une heure, sans me forcer, simplement parce que j'en suis sûr et que ça me rend joyeux de le clamer. Je sais qu'il n'y a de bons dieux que Bon Dieu et que Galipsina est son Ange. Je crois aux apparitions de Vierge Marie qui sont des incarnations miraculeuses. Je crois que la complicité et l'intimité sont le miel de la vie. Je crois en l'infinie grandeur de Dieu, et je remercie Marie pleine de Grâce, qui est vraiment bénie entre toutes les femmes, et aussi le fruit de ses entrailles. Amen.

Le Bon Dieu m'a fabriqué un miracle pile comme je le voulais, pas du genre de Bernadette ou de Thérèse avec des milliers de gens illuminés autour et tous les trucs de la télé. Non ! Un miracle aux petits oignons juste pour nous deux, même que Galipsina a senti la transformation dans ses entrailles comme elle m'a dit.

Mais le soleil a continué à se lever et Galipsina a dit « Zut » en polonais parce qu'elle allait être en retard et qu'il fallait à tout prix qu'elle soit à matines sinon elle allait se faire sonner les cloches. En se rhabillant elle a aperçu toutes les petites fleurs jaunes qui avaient poussé en lisière du bois, et elle m'a sauté au cou en disant « Comme c'est gentil d'y avoir pensé ! Ces milliers de petits miracles ne quitteront jamais mon cœur ! » Puis elle s'est sauvée.

Voilà Madame Anne-Marie, je vous ai tout dit et j'ai beaucoup de plaisir à relire ma lettre, et j'espère qu'il en sera de même pour vous. D'ailleurs je vais aller la photocopier avant de vous l'envoyer pour pouvoir me la relire souvent à tête reposée.

J'aimerais bien que vous me répondiez parce que vos mots sont toujours doux à entendre et apaisants. Vous pourriez par exemple me dire que j'ai bien fait de pratiquer les causes du bonheur ce qui aurait l'avantage de calmer les doutes qui me tourmentent de temps en temps vu qu'on ne sait jamais.

Cordiales S & B sur vous.

Barthélémy Parpot

Sœur Antonia Solenski
Couvent de Kluzek
Gory 12, Province de Plock
Pologne

Le 24 août 2000

Ma chère Galipsina

J'ai reçu tes lettres avec retard et je m'empresse de te répondre avant que n'arrive l'irréparable. Je te connais ma bonne Galipsina, prête à t'enflammer, naïve et confiante dans le monde, mais tu dois te méfier. Notre Mère Supérieure ne sait pas toujours s'y prendre avec toi, mais elle veut te protéger des autres et de la trop grande confiance que tu as en eux. Les hommes ne sont pas à l'image de Dieu, ils portent malheureusement une part de mal au fond de leur âme, et ils n'arrivent pas toujours à la faire taire.

Cet homme dont tu me parles avec tant de flamme, est sans doute un gentil monsieur, car tu sais bien les reconnaître, mais c'est aussi un homme avec ses pulsions et ses désirs, et tu es si jolie Galipsina qu'il ne saura longtemps résister à tes charmes. Il ne saura te conduire que dans le péché, et j'en veux pour preuve le miracle de la fleur jaune qui n'en est pas un. C'est moi et moi seule qui voyant cette fleur séchée sur ton missel, suis allée t'en cueillir une identique que j'avais vue en bordure du jardin du monastère. J'ai voulu refaire ce geste, un petit cadeau secret, chacun des matins où j'étais là, c'était ma façon de te témoigner mon affection. Ton pauvre Parpot n'y est pour rien, d'ailleurs reconnais que le miracle a cessé dès que j'ai été partie. Tu me l'as toi-même écrit !

Il ne faut plus Galipsina que tu te retrouves seule en tête-à-tête avec cet homme. J'ai hésité à écrire à la Mère Supérieure pour t'en protéger, mais avec sa sévérité excessive, elle allait te faire voir les pierres, et je ne peux me résoudre à être la cause de dures punitions. Alors je préviens Sœur Irène pour qu'elle veille sur toi ! Tu peux lui parler, elle est parfois rude mais elle a bon cœur. Elle est comme moi, elle a aimé et elle a connu des hommes avant de rejoindre notre Compagnie, elle ne pourra qu'avoir de la compréhension et de la compassion pour ce qui t'arrive. Si elle t'interdit de retourner à l'église Saint Paul-Serge, obéis-lui, ou alors qu'elle vienne avec toi parler avec cet homme.

Sois raisonnable, Galipsina ! Je t'embrasse et je prie chaque jour pour toi.

Antonia

LA DÉPÊCHE du Midi

LES FAUX PROPHÈTES DE LOURDES SOUS LES VERROUS

Les policiers de Lourdes ont procédé hier après-midi à l'interpellation de trois individus aux abords de l'église Saint Paul-Serge où étaient rassemblés des malades en quête d'une guérison miraculeuse.

Depuis plusieurs jours, ces rassemblements avaient attiré l'attention des policiers, et les autorités religieuses de la ville s'en étaient fortement émues.

Il n'a pas été bien difficile pour les inspecteurs de repérer, derrière ces scènes de transe collective, les agissements du Frère Mouysset, un individu hélas bien connu de nos concitoyens qui n'auront pas manqué de le croiser un jour ou l'autre autour de la poste, avec sa soutane blanche et ses mauvaises manières. Cette fois, notre homme promettait un miracle moyennant une somme de 2000 francs, et il délivrait une attestation concernant une opération du Saint Esprit qui devait intervenir dans les trois mois qui suivraient la bénédiction. Les cérémonies se déroulaient chaque après-midi à l'église Saint Paul-Serge, et la rumeur aidant, le flot des crédules ne cessait de grossir.

L'identité du deuxième homme arrêté n'a pas été révélée. Il s'agirait de l'âme damnée de Mouysset qui arpentait avec lui les allées de la Grotte en quête de gogos à embobiner avec des histoires de guérison miraculeuse. Des gens désespérés ou en état de grande souffrance qui étaient des proies bien faciles pour ces deux escrocs sans morale.

La troisième personne qui faisait office de Saint et qui était censée accomplir les miracles, est un simple d'esprit, Rmiste à Toulouse, dont l'identité n'a pas non plus été donnée. Le Frère Mouysset semble l'avoir embrigadé au début du mois à cause de son air de grande innocence propre à rassurer les malades et à servir ses desseins.

D'après les premières estimations de la police, les malfrats auraient escroqué une bonne centaine de personnes et empoché plus de 180000 francs. À ce jour pourtant aucune plainte n'a été enregistrée au Commissariat de Lourdes.

On peut penser que les pèlerins bernés sont déjà rentrés chez eux ou bien qu'ils veulent continuer à croire à un possible miracle et dans ce cas ne pas dénoncer les « saints hommes ». Il semble surtout que la crédulité laisse encore de beaux jours à tous les margoulins de la Foi…

Galipsina Walenska
Couvent des Ursulines
Rue des Saints Pères
65100 Lourdes

Le 26 août 2000,
6 h 30 le matin

Mon cher Barthélémy,

Je serai loin de Lourdes quand vous lirez ce message. La mère Supérieure ne me laisse pas, hélas, d'autres choix.
Mon âme est troublée par ce que m'a écrit Antonia. Elle dit que vous n'êtes pas un saint et que le miracle de la fleur jaune n'est pas un vrai...
Pourtant j'ai bien vu d'autres gens vous suivre dans les rues, et j'ai moi-même ressenti les extases divines et la sainte chaleur au milieu de la nuit.
Je ne sais plus ce qu'il faut penser parce que j'ai confiance en Antonia même si elle m'a un peu trahie en parlant à Sœur Irène qui ne m'a pas loupée auprès de la Mère Supérieure.
Je crains que les jours à venir ne soient pas drôles pour moi côté pénitence... Les vôtres m'étaient toujours si douces. Ça va être pain sec, corvées et cilices à outrance, mais je penserai à vous car finalement que vous soyez un saint ou pas, je vous garde au fond de mon cœur comme un homme de bonté et de tendre douceur.
Il est inutile que vous m'écriviez. Aucune de vos lettres ne me parviendrait, tout au plus aggraveraient-elles mes peines.

Je confie ce mot à notre jardinier pour qu'il vienne vous le donner à l'église Saint Paul-Serge.
Puisse-t-il vous le remettre et puissent tous les êtres résider en la grande Équanimité comme vous me disiez souvent, même si pour moi ça s'annonce mal. Je peux vous avouer aujourd'hui que je comprends pas ce que ça veut dire, mais ça n'a pas d'importance.
Mes prières autant que mes pensées vous accompagnent et vous accompagneront toujours.

Votre dévouée Galipsina

Consistoire Juif de France
8 rue des Jeûneurs
75009 Paris

Barthélémy Parpot
18 Rue Bayard – 31000 Toulouse

Toulouse le 27 août 2000

Monsieur,

Vos deux lettres ont été communiquées à la Commission rabbinique.

Un beth din a jugé unanimement dans un échange libre que vos motivations profondes ne dénotent pas une intention désintéressée, même si votre sincérité ne peut pas être complètement écartée.

Ni votre manière de vous croire en permanence persécuté, ni l'origine hébraïque de votre prénom ne doivent vous laisser espérer un quelconque rapprochement ou intimité avec le peuple d'Israël. L'attitude du paranoïaque n'est porteuse d'aucune alliance contrairement à ce que vous pourriez penser.

Vos tentatives de négocier sur la nécessité de la circoncision, que vous mettez en balance avec la pratique plus arrangeante de l'Islam, ne sont pas de circonstance et ne dénotent qu'un manque d'aptitude personnelle à supporter le joug du peuple d'Israël.

En conséquence le beth din a unanimement rejeté votre demande.

Nous souhaitons que vous puissiez accomplir avec justice votre devoir d'homme. Il est assez difficile sans vous charger des devoirs supplémentaires qui incombent au Peuple d'Israël. Nous espérons que vous saurez garder votre amitié pour notre communauté, nous vous assurons de la nôtre.

Je vous souhaite un cordial Shalom.

Rav Cohen-Priggyne

LA DÉPÊCHE du Midi

LOURDES :

INCULPATION DES ESCROCS AUX MIRACLES

L'affaire que nous relations dans notre édition d'avant-hier a pris ce matin un nouveau tournant avec l'inculpation par le juge d'instruction Lemoine de deux des trois prévenus. Il s'agit de Gérard Marie Mouysset, dit Fra Mouysset, et de Patrick Guillard, originaire de Saint-Ouen et ex-chanteur de la Musette de Bagnères. Les deux hommes, bien connus des services de police, avaient été de nombreuses fois interpellés pour cause de rixes nocturnes.

Le troisième homme a été remis en liberté ce matin. Il s'est avéré n'être qu'un malheureux pion entre les mains du Frère Mouysset qui abusait de sa faiblesse de caractère et de son air innocent pour organiser la mise en scène de ces faux miracles.

Les policiers ont cependant indiqué que l'enquête n'était pas close, et ils ont lancé un nouvel appel pour que les personnes grugées viennent déposer plainte au Commissariat de Lourdes.

Barthélémy Parpot
18 rue Bayard
31000 Toulouse

Père Dominique Pénide
Basilique Saint Sernin
Place Saint Sernin
31000 Toulouse

Toulouse le 28 août 2000

Mon père

Je crois à l'existence de Dieu et de Vierge Marie qui s'est manifestée à moi par trois fois sur la colline de Lourdes, au cours d'apparitions qui furent extraordinairement douces et agréables. Amen.

Il n'empêche que les nuages s'amoncellent maintenant sur ma tête, et j'ai bien peur que malgré tous mes efforts, Dieu ne soit en train de manigancer des trucs bizarres contre moi ou de faire des paris imbéciles comme avec ce pauvre Job ! Je vois pas pourquoi il ferait ça à moins que quelqu'un de mal intentionné et d'hypocrite ne lui dise du mal de moi. Vous voyez un type jaloux et aigri par l'abstinence qui lui soufflerait des méchancetés sur ma sincérité.

Sans être paranoïaque comme dit le Rabbin Cohen-Priggyne qui s'y connaît en persécution, je vous fais remarquer que j'ai été arrêté et interrogé par les policiers avec des gifles même que je n'avais pas le temps de tendre l'autre joue pour ramasser la suivante, et c'est bien parce que quelqu'un m'a dénoncé, or je ne m'étais confié qu'à vous seul ! C'est vrai que les policiers ont fini par être gentils avec moi quand ils ont compris que je détestais les manières du Frère Mouysset et que j'étais prêt à signer tout ce qui les arrangeait malgré les menaces lors de la confrontation face à face qui n'a pas été très chrétienne.

Mais le pire a été après quand je suis sorti de prison. Je me suis précipité à l'église Saint Paul-Serge et je n'ai pas trouvé Galipsina car elle n'était pas là. Je l'ai cherchée partout, de la cachette derrière le gisant jusqu'à notre coin de Paradis, mais elle n'était vraiment pas là et c'était pas du mensonge ou des idées de paranoïaque. J'ai eu très peur qu'elle ait su au sujet de l'arrestation et qu'elle me croie coupable de mauvaises actions, mais le lendemain ça a été plus terrible encore. Au petit matin le jardinier est entré dans l'église et il s'est approché de moi en hésitant parce qu'il était évidemment intimidé par ma sainteté. Il tenait sa casquette toute chiffonnée entre ses doigts, et il m'a tendu le coup le plus horrible que Dieu pouvait me faire, dans un papier blanc plié en quatre et même pas sous enveloppe. Galipsina m'annonçait qu'elle était repartie en Pologne et qu'il ne serait plus possible de nous voir et de nous faire tout ce qui fait le bonheur sur terre !

Depuis je vous soupçonne d'avoir comploté contre Galipsina et contre moi et d'être le complice de la Mère Supérieure et du Père Jarowski et de tous les méchants qui disent vouloir le Bien et qui font le Mal par jalousie et incapacité à la vie simple.

Je suis malheureux et je pleure cinq fois par jour un peu avant ou après les prières des uns et des autres. Je vais de temps en temps à Lourdes promener devant Saint Paul-Serge, mais rien n'est plus comme avant, plus personne ne m'attend à la gare, c'est idiot mais j'avais fini par m'y habituer parce que les autres ils vous donnent vraiment la sensation d'exister et que seul on y arrive moins bien. Je ne sais pas comment faire pour Galipsina qui est malheureuse aux mains de mauvaises gens dans son couvent de Kluzek, d'autant que je parle pas le Polonais comme je vous l'ai déjà dit.

Il faudrait pas que Dieu se divertisse sur mon dos avec un de ces jeux idiots dont il a le secret, juste pour éprouver ma foi nouvelle, parce que moi j'ai déjà donné avec Claudine et Elsa. La sainte trinité des amoureuses évaporées, ça va pas m'aller, et j'en viens déjà à l'énervement qui conduit toujours aux bêtises irréparables !

Je vous conseille de ne pas continuer à prier et à faire des injonctions contre moi parce que si les mauvais signes continuent à s'accumuler, je vais venir à Saint Sernin et on va se causer drôlement avec des pleurs et des grincements de dents. Je vous rappelle que Saint Barthélémy est le patron des bouchers et que sur les images il porte toujours un grand couteau, alors il ne faut pas non plus trop me provoquer. En plus je me demande si ce n'est pas vous qui m'avez aussi dénoncé aux Juifs parce qu'ils ne veulent plus de moi, et je sais très bien que vous êtes un copain du Rabbin des Carmes.

La jalousie et l'envie sont des péchés capitaux, alors je vous conseille de faire gaffe à ce que vous faites qui pourrait se retourner contre vous d'autant que vous n'êtes pas un innocent inculte mais un curé ce qui va aggraver votre cas. C'est sûr !

Alors un conseil, priez pour vous et oubliez-moi à tout jamais !

Barthélémy Parpot

« *Ach-hadou anne laa ilaal-laah, oua ach-hadou anna mouhammadane raçouloul-laah* »

Mosquée de la Farouette
17 rue des Pradettes
31500 TOULOUSE

L'Imam Youssef Ibn Sliman

Cher Monsieur Parpot,

Je n'ai pas eu de vos nouvelles depuis quelques jours, mais Allah semble avoir de la bonté pour vous puisque vient d'arriver à Toulouse un groupe d'étudiants de l'Université du Caire. Tous ces jeunes gens sont très croyants et très dévoués à l'Islam, et je me suis dit que vous pourriez héberger chez vous deux ou trois d'entre eux et qu'en échange vous bénéficieriez de leurs conseils et de leurs pieux exemples. Ils ne resteront que quatre mois parmi nous, et c'est une chance extraordinaire pour quelqu'un comme vous qui a déjà une bonne conduite et une quête sincère. J'attends votre réponse au plus vite. Allah soit avec vous.

Youssef Ibn Sliman

Barthélémy Parpot
18 rue Bayard
31000 Toulouse

Galipsina Walenska
Poste restante de Gory
Province de Plock – Pologne

Toulouse le 30 août 2000

Ma chère Galipsina,

Je sais bien que cette lettre ne vous parviendra pas et ça me rend fou de désespoir. Depuis que vous êtes repartie je tourne votre billet entre mes doigts et j'en dors pas la nuit à cause de la peine qui n'a pas des horaires de bureau. Ce qui me rend fou c'est de ne pas pouvoir vous expliquer que je n'y suis pour rien dans l'histoire du miracle qui n'en est pas un, parce que moi je n'ai jamais prétendu savoir faire des miracles, j'ai été le premier étonné, alors il faut pas m'en vouloir pour ça.

Je prie pour que la Mère Supérieure vous laisse m'écrire, car votre silence fait un brouhaha terrible dans ma tête. Je suis dans les rues à réfléchir à quoi faire et je n'arrive pas à savoir ce que je dois faire. J'ai envie de venir vous voir en Pologne mais j'ai peur de ne pas vous trouver et de faire du mal si je vous trouve, et quand je décide de rester là il y a cette Mère Supérieur qui élève son ombre et vous fait des misères alors je me dis que je dois venir vous sauver mais j'ai peur de pas savoir vous trouver et de faire mal si je vous trouve. Voilà c'est exactement comme ça, depuis que vous êtes partie je tourne dans des impasses étroites où il fait toujours sombre.

C'est terrible de ne rien entrevoir, de ne rien comprendre et de ne rien oser entreprendre. Je ne sais même pas où est Kluzek. Il fait toujours nuit dans ma tête. Je suis sans attache et pourtant comme attaché, je vis dans l'ombre et je me consume comme la braise sous la cendre. C'est affreux. Je n'espère plus que Dieu me parle car j'ai bien compris qu'il se moque de moi et que les bonnes semaines étaient des mensonges pour mieux me précipiter dans le vide infini. Pourtant mon amour était grand et sincère, il était plein d'espoir, je volais si haut que je touchais mes rêves et vous étiez la colombe de mon ciel. Maintenant les flammes brûlent mon âme. Il ne me reste plus rien ni lumière ni espérance ni présence. La nuit est obscure, inquiète et froide. Vous ne me parlerez plus, vous ne me questionnerez plus, je n'aurais plus cette angoisse qui me saisissait pour vous faire de bonnes réponses et éviter d'être comme souvent je suis. Désormais je n'ai même plus cette inquiétude, je n'ai plus rien, je n'entends plus et je ne vois plus, je suis comme le naufragé ballotté qui attend avec résignation que la mort vienne le prendre, et puisque Dieu ne veut rien me donner, qu'au moins il me précipite au plus vite et qu'il ne me tienne plus enchaîné au lien de la vie, car mon mal est si grand que je vis juste de ne pas mourir.

Galipsina, Galipsina je vous écris cette lettre du fond de ma nuit. Je voudrais tant qu'elle vous parvienne et que vous me répondiez. Je voudrais tant que vous me demandiez de venir jusqu'à Kluzek et que vous m'expliquiez comment je dois faire. Je ne suis pas un faiseur de miracles mais je pourrais continuer à m'appliquer pour vous obéir et vous guider avec dévotion comme lorsque nous étions à Lourdes. Dieu seul peut déposer cette lettre entre vos douces mains! Il n'y a que lui pour faire qu'il y ait une poste restante à Gory, pour que vous vous y rendiez, pour qu'on vous laisse lire votre courrier. Mais c'est trop espérer. Je sais que les miracles n'existent pas, mais sans l'espérance des miracles je ne vais plus supporter de vivre, je vais aller rejoindre maman et je vous regarderai chaque jour pour toujours depuis le ciel. Je vous embrasse de tout mon amour infini.

Votre Barthélémy Parpot

Centre Bouddhique de Dhagpo Ming Kaygu
Cantemerle — 46800 Lascabanes

Barthélémy Parpot
18 rue Bayard, 31000 Toulouse

Monsieur, cher Barthélémy

Nous vous prévenons que nous annulons le programme gratuit des 4 et 5 septembre auquel vous vous étiez inscrit.

Ce temps pourrait vous permettre d'éclaircir votre esprit. L'enseignement de Bouddha propose un chemin qui nous permet de développer la clarté de l'esprit et de révéler notre potentiel de lucidité et de bienveillance.

Votre dernière lettre qui mêle vos émotions et vos désirs, est d'une grande confusion. Elle semble en quête d'une sorte d'approbation que rien ni personne ne saurait vous donner. Pas plus qu'une désapprobation d'ailleurs.

Le Bouddhisme n'est pas une religion, il n'y a pas de croyance, de conversion, de dévotion ou un quelconque désir de plaire à un Dieu. Il ne s'agit pas d'exercices rituels et d'observances plus ou moins contraignantes. C'est vous qui êtes porteur en vous-même du potentiel suprême.

On est bouddhiste par la justesse de ses pensées, de ses paroles et de ses actes dans un quotidien courant, ordinaire et banal.

Cordialement,

Anne-Marie

Dieu, mon Dieu, mon Créateur,

Pourquoi vous acharnez-vous contre moi avec tant de méchanceté ?

Pourquoi avez-vous voulu que je croie en vous avec plein de signes encourageants ?

Pourquoi y a-t-il eu la Belle Croyante, les fleurs jaunes, les gentils bouddhistes, les pèlerins à la gare, les trois apparitions sur la colline et tout le reste ?

Pourquoi vous avez mis Galipsina sur ma route pour ensuite m'empêcher d'être avec elle ?

Plus ça va, plus je pense que vous êtes un méchant dieu, pas le Diable qui veut acheter les âmes pour les rôtir, mais un méchant dieu qui s'amuse de la souffrance et qui emmêle tout pour mettre la pagaille et rigoler. Il n'y a qu'à voir votre histoire de Tour de Babel et aujourd'hui c'est pire encore, même les gens qui parlent la même langue ne se comprennent plus… C'est sûr que vous êtes plus fort pour embrouiller le monde avec des téléphones portables que pour mettre un peu d'amitié entre voisins de palier !

Et tous vos représentants sur terre qui sont même pas capables de dire les mêmes choses, et je te coupe la bistouquette et je te la coupe pas, je te mets un chapeau sur la tête ou je te tonds le crâne, celui-là qui a un petit et un grand véhicule et l'autre un petit et un grand séminaire, et je vous dis pas l'affaire que c'est pour prendre une douche ! Mais ils ont pas autre chose à faire de plus important que ces chicaneries ? En plus ils sont jaloux et susceptibles ou ils ont toujours un truc à vous demander ! Vous avez vraiment de la chance d'avoir tant de succès avec des manières aussi bêtes et aussi peu charitables.

Vous êtes un mauvais Dieu. Voilà ce que vous êtes ! Il n'y a pas de dieu, il n'y a qu'un mauvais dieu et son Prophète est un menteur et puissent les causes engloutir tout ce triste bazar ! Et moi j'en ai marre alors j'aimerais autant n'avoir jamais vécu et être laissé à l'état de poussière ou encore mieux à l'état de rien du tout !

Je suis votre jouet et je vous en veux parce que c'est stupide de mettre des êtres humains sur terre pour s'amuser à les faire se disputer sans cesse. Ce sont les enfants qui enferment des lézards dans des bocaux pour les voir se battre. Mais pas vous ! Un Bon Dieu ne doit pas agir comme dans les émissions de télé de maintenant où l'on met des gens stupides dans une maison pour les regarder vivre, se déshabiller et se disputer. Bon d'accord ils apparaissent vite pour ce qu'ils sont et c'est terrible aussi. Mais Dieu il pourrait au contraire dialoguer et dire de faire comme ci ou comme ça, avec des preuves et de la bonté, et pour tout le monde pareil qu'on soit Arabe, Chinois ou Bordelais. Dieu il devrait stopper les bêtises et mettre partout de la vraie justice qui apaise les gens.

Dieu, Dieu, Mon Créateur, entendez-moi ! Juste une fois. Je vous en supplie.

Je suis désespéré parce que j'ai jamais pu avoir de travail à durée indéterminée ni l'amour d'une épouse pour la vie qui me donnerait des enfants de moi que j'aimerais. Je suis désespéré parce que quand j'ai décidé de renoncer à tout ce que vous ne m'accordiez pas et que j'ai essayé d'avoir la Foi qui sauve, vous vous êtes moqué de moi. Je suis désespéré parce qu'après Claudine Courvoisier de Novembre 1990 qui me fuyait tout le temps et Elsa qui a préféré se suicider à cause de son handicap, vous m'envoyez Galipsina, douce entre les douces, avec qui je trouve l'extase et qu'elle repart aussitôt à l'aube comme une réprouvée et sans laisser d'adresse!

Et moi je m'agite comme un fou avec des larmes et sans l'espoir du lendemain, ni même du Paradis parce que quelqu'un qui met l'enfer sur terre, on peut pas lui faire confiance pour ce qui va se passer ensuite. Ou alors le paradis c'est de ne plus être sur terre, et notre terre c'est le purgatoire avec des gens qui payent leurs fautes d'un temps qu'ils ont oublié.

A quoi bon vous respecter puisque vous ne nous respectez pas et que vous êtes cruel! Je vais mettre cette lettre dans une bouteille et vous la monter au sommet de Saint Sernin pour que vous n'ayez plus qu'à tendre votre bras pour vous en saisir! Et à l'occasion si d'un petit coup de doigt vous vouliez bien me précipiter en bas pour en finir une bonne fois pour toutes, vous accompliriez un geste de bonté à mon égard. Ce serait le premier et le dernier et je ne vous en voudrais plus!

Je n'ai pas peur de vous! J'ai foi en votre existence, mais je vous sais méchant, pas charitable, mesquin, joueur... Vous êtes un mauvais dieu! Ou alors vous êtes un impuissant et un incapable comme certains de vos représentants commencent à dire maintenant tellement ils sentent bien que tout votre mystère est intenable! Il n'y a plus que les crétins pour vous croire bon et tout puissant!

Choisissez méchant ou impuissant!

Il n'y a pas d'autres explications! Seulement dans ce cas, il vaudrait mieux que vous n'existiez pas du tout ! Supprimez-vous et laissez notre monde aller à la dérive ! Effacez-vous ! Faites que les gens n'aient même plus l'idée de vous !

Dieu, mon Dieu, mon Créateur,

Je ne vous oblige pas, mais par pitié ne vous occupez plus de moi ! Ou envoyez-moi une sainte crise cardiaque soudaine et fulgurante pour que j'oublie définitivement tout !

Faites que je ne me réveille pas demain matin et on sera quitte pour tout ! Définitivement.

Puissent tous les êtres sans aucune exception être établis en la grande félicité dépourvue de toute souffrance et puisse Barthélémy Parpot être délivré des souffrances terrestres et redevenir une particule de néant.

Voilà mon ultime prière.

Barthélémy Parpot

LA DÉPÊCHE

NUIT AGITÉE A LA BASILIQUE SAINT-SERNIN

Quelle n'a pas été la surprise des habitants du quartier Saint Sernin d'être réveillés à trois heures du matin par un violent carillon de cloches, rapidement suivi par les sirènes des véhicules de police appelés pour arrêter le forcené, au demeurant bien inoffensif, qui s'était laissé enfermer dans la Basilique pour « discuter avec Dieu »...

Il n'est pas tout à fait trois heures lorsque d'étranges bruits alertent le Père Pénide qui dort dans une pièce adjacente. Il s'en étonne, mais alerté par l'affaire des pilleurs qui sévissent dans la région, qu'on se rappelle Sarrant au mois de juin, il prend le parti de prévenir la police. Peu après une voix s'élève, crie et vocifère, ce qui n'est pas pour le moins une attitude de voleur !

Le Père Pénide s'avance et quelle n'est pas sa surprise de découvrir un homme debout sur l'autel le poing tendu vers la petite lumière du Christ en son chœur. L'individu ne semble pas bien costaud, son discours est incohérent... Le Père Pénide parlera pourtant d'une immense lamentation qui l'émeut. Il veut s'approcher de lui, mais l'autre en l'entendant s'enfuit vers l'harmonium puis s'engouffre vers l'escalier qui conduit vers les cloches. Alors même que le prêtre le suit pour tenter d'engager le dialogue, notre homme s'empare des cordes qu'il tire de toutes ses forces en criant quelque chose comme « M'entends-tu enfin ? M'entends-tu enfin ? » à l'adresse de Dieu.

Rien ne nous dit que Dieu l'ait entendu mais il est

sûr que le voisinage a largement profité de ce tocsin imprévu et que des appels inquiets se sont multipliés auprès des divers services de sécurité.

Puis délaissant les cloches, l'homme se faufile jusque sur le toit. Il réussit même, au risque de se rompre le cou, à accrocher une bouteille contenant un message à l'un des crochets de la flèche principale. Les forces de police, arrivées sur les lieux quelques minutes plus tard, n'ont aucun mal à l'appréhender. Il est épuisé et n'oppose aucune résistance. L'homme en question, Barthélémy Parpot, n'est pas un inconnu des services de police, puisqu'il avait été malencontreusement mêlé voilà quelques années à l'affaire Ménard qui avait défrayé la chronique toulousaine. Rappelons qu'il en était sorti parfaitement blanchi. Cette fois il en sera quitte pour une ou deux journées de garde au commissariat et pour une bonne leçon de morale qui le fera, nous l'espérons, revenir à des préoccupations plus terre à terre !

Les policiers ont déclaré que l'individu était dans une quête désespérée de Dieu. Il est cependant heureux que tous les athées ne manifestent pas une telle ferveur dans leur recherche, sinon nos concitoyens du centre ville n'auraient bientôt plus rien à envier aux riverains de l'aéroport.

Barthélémy,

C'est ton Créateur qui te parle. Ecoute-moi ! Ecoute-moi bien !

Il n'est pas dans mes habitudes de m'adresser à mes personnages ni de me mettre en scène, mais aujourd'hui tu dépasses les bornes, et ton désespoir m'accable. Barthélémy, tu dois te ressaisir. Il faut que tu m'écoutes et que tu cesses de te lamenter et de tout attendre de moi, car c'est de toi, et de toi seul, que viendra ton salut.

C'est vous qui me parlez Mon Dieu ? Vous, Mon Bon Dieu ? Où êtes-vous ? Je ne vous vois pas mais je vous entends dans ma tête. Vous voudriez pas encore me parler juste un peu pour être sûr que je ne rêve pas. C'est pas pour être méfiant ni vous fâcher mais il faut me comprendre vu comment ça se passe dans ma vie qui est surtout remplie de mauvais événements de moqueries et de vexations.

Je suis dans mon bureau, penché sur ma table, devant un paquet de feuilles blanches. Au dernier étage de ma maison. Par la fenêtre, j'aperçois Saint Sernin, le soleil du soir effleure les livres de ma bibliothèque, tu vois, c'est un moment de calme, un moment où il est facile de parler à ceux qu'on aime...

Mon Bon Dieu, mon Bon Dieu, je vous écoute. Je vous écoute avec application et suivant mon entière dévotion... Attendez deux secondes que je prenne un coussin et que je m'agenouille. Voilà j'y suis, je me prosterne mais je peux faire le lotus si vous préférez, car je veux vous obéir et dire que vous êtes mon seul Dieu et qu'il n'y a pas d'autres dieux que vous.

Tu peux rester assis... et je préférerais que tu arrêtes de m'appeler « Mon Dieu ». Je ne suis pas Dieu ! Je suis Alain

Monnier, l'auteur de romans qui parlent pour certains de toi. Rien de plus!

Ah bon de romans? Je suis dans un roman... Je n'y avais jamais pensé... Ce n'est pas grave, enfin si c'est grave... Mais ça ne change rien... Auteur, créateur, affabulateur, inventeur... tout ça c'est pareil! Ce sont des noms du Bon Dieu, et sans vouloir vous offenser moi je préférerais continuer à vous appeler Dieu et même Bon Dieu parce qu'il ne faut pas amoindrir les bonnes choses qui arrivent surtout quand ce sont des miracles ce qui est très rare. Et puis à mon avis, enfin si je peux me permettre, je trouve que vous êtes bien trop modeste et qu'il ne vous faut pas avoir peur d'être Dieu.

Mais je ne suis pas Dieu, tout au plus ton créateur ou ton père...

Mon père était cheminot à Béziers et il est mort quand j'avais six ans! Vous, vous êtes mon Créateur, Mon Bon Dieu parce que vous êtes celui par qui tout advient ou n'advient pas d'ailleurs comme c'est souvent le cas sans vouloir vous critiquer.

Comme tu voudras! Je tenais simplement à te dire que tu avais ton libre arbitre, et que tu étais en train d'en user de la pire manière qui soit. Barthélémy, c'est toi qui conduis ta vie et non plus moi. Je t'ai mis au monde, je t'ai donné quelques traits mais à partir de là, c'est toi qui fais des choix.

Je veux pas vous contredire mais mon caractère, c'est vous qui l'avez choisi sans me demander mon avis. Moi j'aurais jamais pris d'être timide et tout maigre, mais plutôt d'être costaud et intelligent et boute-en-train, et comme ça ma vie aurait été plus agréable avec une femme qui m'aurait aimé tous les jours sans se forcer.

Je t'ai proposé des situations, et tu as réagi à ta façon. Chacune de tes réponses en interdisait ou en autorisait d'autres. C'est toi seul qui avances et fabriques tes comportements. Moi je n'ai fait qu'ordonner ce qui t'entoure. Un accident, le suicide d'Elsa, l'arrivée de Galipsina en gare de Toulouse… Tu m'as échappé. Je ne suis plus que le garant de ta crédibilité.

Vous m'avez fabriqué une vie triste et malheureuse, voilà la vérité et c'est un peu fort que vous vouliez en plus que ce soit ma faute, comme quand on a le cancer et qu'on vous dit que si vous l'avez c'est que vous l'avez bien voulu et que c'est la psychologie de votre tête qui a fait les métastases. Et vous pendant ce temps, vous êtes bien tranquille, vous vous en lavez les mains. Vous êtes Dieu et responsable de rien ! C'est un peu facile. D'abord je n'aime pas les psychiatres et j'accepte pas les explications qu'ils donnent pour se débarrasser de vous et rejoindre leurs maîtresses, parce que tous les psychiatres ont des maîtresses. Ensuite moi je pense que j'ai le choix de rien parce que Tout est écrit.

Arrête de te réfugier derrière la fatalité d'un quelconque destin ! Je peux t'assurer que quand tu es arrivé sous ma plume tu n'avais pas de destin. Je n'avais pas imaginé le dixième de l'histoire qui allait se passer….

Il n'empêche qu'en ce moment qui c'est qui invente ce que je suis en train de dire ? C'est vous et c'est comme ça parce que le Créateur de l'Univers ne peut évidemment dialoguer qu'avec lui-même. Du moins il me semble ! Et puis tout ça ce sont des paroles pour vous défiler et pas être Dieu, parce que tous les gens ils veulent le beau rôle et être chef mais ils veulent pas les embêtements qui vont avec, et c'est pour ça que rien ne va sur notre terre ! Il n'empêche que quand on a créé le monde en sept jours, on peut bien créer le bonheur en dix minutes, ça paraît pas insurmontable, mais enfin c'est à vous de voir. Je ne veux surtout pas me mêler de ce qui ne me regarde pas. Je voudrais juste vous poser une question pour savoir une chose, et ensuite je ne vous embêterai plus jamais. Je voudrais savoir pourquoi vous vous acharnez contre moi ? Pourquoi vous faites que jamais rien n'aille bien pour moi ? Pourquoi vous m'avez créé si c'est pour me rendre malheureux alors que je vous demandais rien ?

Je ne m'acharne pas sur toi ! Je crains simplement que l'histoire d'un type qui a une femme charmante et deux beaux enfants en bonne santé, qui fait construire un pavillon à Saint-Rémy-de-Chevreuse et qui change sa bagnole tous les deux ans, ne soit pas vraiment passionnante… Enfin moi, je ne saurais pas tenir des lecteurs en haleine avec un si pauvre scénario. Et sans les lecteurs, Barthélémy, tu n'existes pas. C'est important les lecteurs ! Ils lisent les lignes où je parle de toi et tu prends vie dans leur tête, dans leur imagination, ils t'incluent dans le monde… Ils aiment passer du temps avec toi, rire et pleurer et se distraire avec toi. Ce sont eux qui font ton existence. Ils sont comme les membres d'une famille qui viennent se pencher sur le berceau d'un nouveau-né pour témoigner de sa présence…

Vous ne m'avez tout de même pas créé juste pour distraire vos lecteurs ? Ce n'est pas possible… Ou juste pour vous distraire vous-même ? Vous croyez que c'est bien de créer de la tristesse pour distraire les autres ? Vous croyez que c'est digne du Bon Dieu de faire un truc pareil ? Moi je pense que c'est juste des imbécillités! C'est pas mieux que les bêtises de Dédé et de ses copains de la CGT à la buvette de la gare... C'est comme votre pari avec le diable sur ce pauvre Job, vous croyez que c'est bien sérieux? Excusez-moi de m'énerver. Je ne voulais pas vous critiquer, je sais que la volonté divine est incommensurable et omniprésente et qu'il n'y a que ceux qui font rien comme moi qui ne se trompent pas. Et puis vous avez bien le droit de vous amuser parce que je devine que l'éternité sans télé et sans copains doit paraître longue.

Je te dis que je ne suis pas Dieu!

Je me pose les mêmes questions que toi. Je me demande si Dieu existe. Les gens sensés et intelligents qui croient en Dieu me troublent. Sans parler des légions qui sont persuadés qu'il y a « quelque chose après la mort ». Ce sont des croyants! La présence de Dieu dans la tête des hommes est un vrai Mystère.

Pourquoi n'acceptent-ils pas que tout redevienne comme avant leur naissance? Est-ce si grave? Ils auront été, dans la tourmente du vivant, un assemblage hasardeux de matière vite dispersée. Comme une illusion qui se fait et se défait sans cesse. Un instant vite chassé par d'autres. Hélas! cette idée leur est insupportable et il leur faut des religions pour se consoler de devoir mourir... Ils ont surtout un immense besoin de consolation. La religion, la musique, l'art, quoi encore?

C'est bien ce que vous me dites et je suis tout à fait d'accord avec vous, sauf que je ne vois pas comment ces jolies théories compliquées peuvent résoudre mes problèmes. Moi vous savez je voudrais juste être heureux comme les autres gens autour de moi et avoir une épouse qui serait bien dans mes bras le soir quand on va au lit, et qui lui tarderait justement d'être au lit, et aussi un travail de comptable bien rémunéré puisque j'ai suivi les cours du CNAM selon votre volonté... D'ailleurs je me demande bien pourquoi j'ai dû me coltiner le CNAM si ensuite vous ne me donnez pas de travail à durée indéterminée avec des collègues sympathiques pour discuter ensemble des projets de vacances et des hobbies ?

Tu m'agaces à rabâcher depuis trois livres la même question ! Où as-tu vu que le Créateur doit donner du bonheur ? Ce sont les hommes qui le revendiquent comme un dû ! Pourquoi Dieu devrait-il leur obéir et se plier à des conceptions du Bien et du Mal qu'ils sont incapables de décrire de la même façon d'un bout à l'autre de la Terre ? Par quelle finalité ou cause suprême ? Il n'y en a aucune, et cela n'a jamais été dans mes idées. Pire, je n'y ai même jamais pensé en rédigeant. J'ai créé des personnages pour les voir vivre et évoluer, pour qu'ils illustrent notre monde, mais pas pour satisfaire une idée de leur nécessaire bonheur. Je n'écris pas pour que mes personnages se pavanent encore et aillent grossir les rangs des gens satisfaits d'eux-mêmes, on en a déjà assez… Mon projet est ailleurs et s'il te semble impénétrable et mystérieux, c'est tant mieux !

Je suis très content de voir que vous commencez à accepter d'être Dieu, mais il faut pas vous mettre en colère pour ça même si je devine bien que ce n'est pas facile à supporter quand on s'y attend pas et que ça vous énerve. Mais ça m'étonne qu'on puisse être Dieu sans le savoir, encore que moi j'étais bien un personnage de papier et je ne m'en doutais pas. Peut-être que Dieu existe comme ça sans y penser et qu'il comprend qu'il est Dieu qu'à un moment de sa propre vie. Ça doit être ça, et ça se passe quand il rencontre sa créature… Et la preuve, c'est que la créature elle-même accède à la vraie conscience d'elle-même au moment de cette rencontre… Comme moi en ce moment ! Parce qu'il faut pas croire non plus que c'est très enthousiasmant d'apprendre qu'on est qu'un personnage de roman…

Cela ne doit pas te rendre triste. La vie est sublime, mystérieuse et par essence multiforme. Tous les règnes existent et sont légitimes. Les plantes, les animaux, les hommes, mais aussi pourquoi pas les civilisations, les idées, les odeurs ou les héros de fiction... Aucun n'est inférieur à l'autre, et bien malhonnête celui qui affirmerait qu'une forme existe plus qu'une autre, que tel amas de matière est plus pérenne, ou qu'une fugace conjonction moléculaire a été plus virtuelle qu'une autre. À quelle aune faudrait-il donc se toiser pour décréter cela à la face de l'Univers?

Dieu aussi existe, car ce qui est dans la tête des hommes existe au monde. Il n'est peut-être que le héros d'un roman collectif, il n'a pas nécessairement créé le Bien et le Mal, ou l'Univers... mais il n'empêche qu'il est là, parmi nous, puisqu'on s'égorge à cause de lui, puisqu'il y a des millions d'hommes qui traversent le monde de Compostelle à La Mecque, de Jérusalem à Lourdes... Ils n'y vont pas pour rien!

J'aime vraiment quand vous vous mettez à parler comme Dieu... et je suis sûr que vous vous sentez mieux plutôt que de toujours vouloir échapper aux vraies réalités de votre existence. Moi c'est pareil, j'ai souvent du mal avec la réalité. Enfin moi évidemment c'est parce que je suis à votre image...

Allez courage! Je vous assure que vous ne devez pas craindre de vous dévoiler. Votre création a bien sûr quelques défauts mais faut pas non plus la dévaloriser à tout bout de champ! Dites, sans vouloir insister, maintenant que vous commencez à être Dieu, on pourrait peut-être en revenir aux vraies questions comme celle par exemple de savoir pourquoi vous m'avez créé?

Je ne suis pas Dieu! Je te l'ai déjà dit. Tu es vraiment un type énervant. Quant à savoir pourquoi je t'ai créé, je ne le sais pas moi-même. Peut-être parce que sans toi le monde serait incomplet. D'ailleurs les gens qui t'ont connu me parlent souvent de toi, ils ont plein de questions à me poser, ils ont une réelle sympathie pour toi... C'est bien que tu leur as été nécessaire et qu'ils se sont attachés à toi... N'est-ce pas déjà une raison suffisante de ta présence? Il en est même qui souvent me demandent quand ils vont pouvoir te retrouver. Tu existes dans leur cœur! Que veux-tu de plus? Cela ne te suffit-il pas? Tu avais ta place parmi nous, parce que tu révèles aussi par ta manière d'être le monde qui nous entoure et que tu es une goutte de pure humanité dans un univers qui en manque de plus en plus.

Je veux pas critiquer mais enfin c'est quand même vous qui avez fait le monde comme il est. Moi j'y suis pour rien et je vois pas pourquoi je devrais être malheureux pour rattraper les âneries des uns et des autres. Et puis si on commence à parler du mal qui est sur notre terre, on va pas s'en sortir. Les enfants leucémiques dans les hôpitaux, les charges des studios meublés, les mamans dans les chambres à gaz, les gens en CDD, les Africains qui meurent de faim, les hommes qui n'ont pas l'amour d'une femme qui rend la vie douce... Pourquoi il y a toutes ces horreurs? Pourquoi il y a tant de gens malheureux? Pourquoi vous voulez pas que tout marche bien et qu'on ait le Paradis sur Terre? Et vos justifications avec les bêtises d'Ève ça ressemble à rien du tout, on comprend même pas ce que c'est que le fruit défendu! Et puis on peut pas faire payer à des milliards d'hommes une petite bévue de cette gentille Ève, c'est même plus de la rancune, c'est de la bêtise... Enfin ce n'est pas ce que je voulais dire. Je m'excuse mille fois. Ach-hadou anne laa ilaal-laah, oua ach-hadou anna mouhammadane raçouloul-laah. Je m'excuse. Mes paroles ont dépassé mes lèvres. Ach-hadou anne laa ilaal-laah

Arrête tes conneries Parpot! Je ne suis pas responsable de tout ce que tu me reproches. Je ne sais pas plus que toi pourquoi le cœur des hommes est perverti par l'envie, le désir, la jalousie, le besoin de conquête permanent...

Bien sûr que vous le savez... Vous faites le timide. Je comprends décidément pas pourquoi vous voulez pas être Dieu. Vous cherchez tout le temps à vous défiler. Moi je vais vous dire, il suffit de vous mettre à votre bureau, de sortir une feuille blanche et d'écrire « J'étends ma main sur l'Univers et patati et patata et j'ôte l'envie du cœur des hommes... » Rien que ça et vous serez surpris de voir comme tout va aussitôt bien marcher. D'ailleurs c'est bien pour arranger le monde que vous écrivez sinon ça n'aurait pas sens de passer toutes vos nuits à ça.

Je n'ai pas ce pouvoir!

Essayez, essayez juste une fois... Écrivez tout un chapitre avec que des bonnes choses ou alors une petite nouvelle de vingt ou trente pages où je serais aimé par une femme pour de bon et sans coups tordus comme vous aimez en fabriquer...

Tu m'agaces! Tout cela est stupide. J'écris une jolie histoire où tout le monde est beau et sympathique, qui commence bien et qui finit bien... Et après? En quoi cela changera-t-il le monde?

Ça changera mon monde à moi! Ça changera que je serai heureux...

Et moi, je resterai avec mes sempiternelles questions sur l'existence, parce que ce ne sont pas tes agitations dans le bonheur parfait qui m'éclaireront.

Vous m'excuserez mais j'ai assez de mal avec moi pour ne pas me mêler des hésitations métaphysiques du Bon Dieu, sauf que si vous me permettez je pense que vos fameux trucs de savoir si Dieu existe ou pas, c'est juste pour parler parce que je suis bien votre preuve que Dieu existe puisque je suis là et que je vous ai, alors que moi non plus je ne savais pas si vous existiez ou pas ! La preuve que Dieu existe, c'est que vous existez ! Maintenant que cette question est réglée, vous pourriez essayer de repartir à zéro et de vous interroger sur vos motivations... On crée quand même pas le monde sans raison !

Je n'ai pas à me justifier ! Je n'ai pas de compte à te rendre ! Dieu n'est pas un épicier à qui on viendrait passer commande.

Ah vous reconnaissez enfin que vous êtes Dieu et je vais...

Ce n'est pas ce que j'ai dit...

Ne vous inquiétez pas, ça va bien se passer. Je vais vous vénérer pour que vous soyez bien content ! Je vais faire les cinq prières par jour, et répéter souvent « Ach-hadou anne Monnier iMonnier » en arabe comme il convient. Dites si je fais aussi les ablutions et les prosternations, vous me direz pourquoi ma Claudine de Novembre 1990 ne m'a pas aimé ?

Réfléchis deux secondes au lieu de faire le clown ! Comment as-tu pu imaginer qu'une fille vive et enjouée, jolie et pétillante de vie comme Claudine pouvait s'amouracher de toi ? Tu es fauché, mal fringué, tu n'es pas séduisant, tu rabâches toujours les mêmes choses, tu n'as pas d'appartement correct ni de voiture, tu ne rêves que d'être comme tout le monde... Je te le reproche pas mais c'est pas avec ça que tu pouvais séduire une fille comme Claudine. C'est vrai que tu es doux et gentil... Mais ça ne suffit pas ! Ça n'aurait pas été crédible.

Ah bon... bien sûr... et c'est vraiment important d'être crédible ? parce que ça fait déjà deux fois que vous m'en parlez. Et puis ça veut dire quoi au juste ?

Ça désigne quelque chose qu'on peut croire, qui a l'air d'être vrai quoiqu'on n'en soit pas sûr. C'est peut-être même faux mais là n'est pas la question... Je ne sais pas si c'est réellement important d'être crédible. Peut-être finalement que ça ne l'est pas. Pourtant j'ai consacré des nuits entières à surveiller la crédibilité de mes histoires et de mes personnages. C'était un refuge rassurant...

Plutôt que de vous embarrasser avec ces idioties et de faire toutes ces manières, vous auriez mieux fait d'avoir un peu de bonté pour vos créatures ! De la simple compassion, c'est tout de même pas compliqué à comprendre pour un Bon Dieu !

Euh je voulais pas crier comme ça... Je vous prie de bien vouloir me pardonner mon offense comme je pardonne à ceux qui m'ont offensé même si la liste est longue. Je vous en rends grâce par avance avec mon entière confiance et mon humilité dévouée... mais je me permets de vous faire à nouveau remarquer qu'en ce qui me concerne, rien ne s'arrange jamais !

Toujours des jérémiades ! Mais qui te dit que l'insatisfaction n'est pas indispensable à la survie de l'humanité ? N'est-

ce pas elle qui t'a poussé jusqu'à moi ? Peut-être même qu'elle est inscrite au plus profond de notre cerveau, et toi tu voudrais que je transforme tout ça d'un claquement de doigts !

Moi si j'avais le pouvoir de créer des mondes, ils seraient tous rudement chouettes avec plein de Claudine de Novembre 1990 et des sourires et des rires et des gens qui s'aident et qui sont contents d'être ensemble. Je ne me priverais pas de fabriquer du bonheur. Mais vous non ! Que de la souffrance et des embrouilles et des faux-semblants. Vous avez pas des problèmes pour écrire toujours des trucs comme ça ?

Même si je veux bien me forcer à croire en l'humanité, je ne peux pas écrire d'autres livres que ceux que j'écris. Toi, tu es un être faible qui comprend mal mais qui éclaire le monde par sa naïveté. C'est toi qui désignes l'injustice, qui montres la difficulté de vivre, et c'est toi surtout qui fondes l'espoir, car malgré les malheurs et les incompréhensions, on se dit que tu peux vivre parmi nous, que tu y as ta place, pleine et entière... Tu es comme mon envoyé sur terre... Celui qui dit mes intimes convictions.

Comme Jésus Christ ? Vous n'allez tout de même pas chercher à me crucifier ? C'est que vous me faites peur avec toutes vos élucubrations. Faut pas me confondre. Je suis pas un Saint, c'est vous-même qui avez supprimé le fameux miracle de la fleur jaune que j'étais censé avoir réussi. Et puis ça ne serait pas crédible comme vous dites. Un type crucifié sur la place du Capitole en plein XXe siècle, vous imaginez ça ? Ce serait idiot et moi je veux surtout pas y aller. Notre père qui êtes dans votre bureau, Que votre volonté soit faite sur terre comme dans vos livres, Pardonnez-moi mes offenses comme je pardonne à ceux qui m'ont offensé, Donnez-moi chaque jour mon pain et un peu d'amour quotidien, Ne me soumettez pas à la tentation et Délivrez-moi de cette vie malheureuse au plus vite parce que j'en peux plus.

Ne crains rien! Je ne vais pas te crucifier en place du Capitole. Dis-moi plutôt ce que tu veux... Je ferai ce que je peux mais je ne te promets rien car je n'ai pas le pouvoir de refaire le monde, tout juste celui de raconter des fragments. Ne me demande pas de dire que les millions de morts de la Première Guerre n'ont pas existé car je ne pourrai pas l'écrire... Mais je vais cesser de te compliquer la vie. Je vais accéder à tes demandes. Dis-moi ce que tu veux. Veux-tu retrouver une Claudine soudain amoureuse de toi? Veux-tu que je ressuscite Elsa? Je ne sais pas comment mais je me débrouillerai. Ou bien veux-tu retrouver Galipsina à Toulouse? Ou toutes les trois? Dis-moi ce que tu veux. Dis-moi et je t'exaucerai!

Je ne sais pas... C'est trop difficile comme ça tout d'un coup... Je voudrais bien les trois mais les trois en même temps ça va être la pagaille. Je ne sais pas choisir parce qu'en choisir une, c'est en rejeter deux... Choisissez pour moi. C'est à vous de choisir, moi je veux juste être un peu heureux comme les autres gens avant de quitter cette terre. De toute façon, je sais que vous êtes là au-dessus de moi, et j'ai foi en vous sauf que ça ne me rassure pas comme je croyais. J'ai foi en vous et pour toujours... mais s'il ne doit rien m'arriver de bon, j'aime autant ne plus distraire personne et être définitivement oublié sur les étagères. Dites, sans vouloir abuser mais tant qu'on est ensemble, je peux vous poser une dernière question?

Je t'écoute Parpot

Écrire, c'est comme la religion, c'est une consolation?

Marc André HANIEL
6 place Saint Sernin
31000 TOULOUSE

À l'attention de

Barthélémy Parpot
18 rue Bayard
31000 Toulouse

Toulouse le 16 septembre 2000

Cher Monsieur,

Je me permets de vous écrire parce que j'habite Place Saint Sernin et que j'ai pu profiter du concert de cloches que vous avez donné la semaine dernière. Plus sérieusement, c'est le sermon de dimanche du Père Pénide, qui m'a décidé à venir vers vous, car j'ai été choqué par la dureté avec laquelle il a stigmatisé votre attitude, allant même jusqu'à prétendre que vous vous étiez fourvoyé dans votre quête de Dieu.

Je ne pense pas que l'on puisse se fourvoyer, comme il l'a dit, dès lors que l'on peine sur le chemin du Seigneur, et je ne me suis pas gêné pour aller le lui dire.

Il a fini par convenir que votre soif mystique et vos aspirations à une vie simple et heureuse étaient légitimes, mais il n'a pas paru pour autant éprouver une quelconque compassion à votre égard. Il m'a très rapidement proposé de me communiquer votre adresse pour le cas où je voudrais vous apporter un peu d'aide. L'ironie de son propos m'a contrarié, et comme je suis homme à relever les défis, je lui ai dit qu'effectivement j'allais m'occuper de vous, et j'ai pris le pari que vous auriez trouvé dans un an votre juste chemin. Il a eu un haussement d'épaules qui a achevé de m'agacer, mais peu importe.

De par ma situation professionnelle, j'ai la chance d'avoir de nombreuses relations dans les instances et syndicats professionnels ainsi qu'à la Chambre de Commerce de Toulouse, et il se trouve que j'ai peut-être l'opportunité de vous faire obtenir un travail à durée indéterminée qui pourrait vous convenir.

Il vous faudrait assurer le gardiennage d'une demeure bourgeoise, sise au milieu d'un parc en bordure de Toulouse, qui sert de lieu de réception pour les délégations officielles qui transitent par notre cité. Votre travail consisterait essentiellement à aérer régulièrement la bâtisse, à déclencher le chauffage la veille des réceptions, et à assurer la propreté du lieu.

Outre le salaire qui devrait être établi sur la base du SMIC, ce poste vous permettrait de bénéficier d'un logement de fonction, en l'occurrence une petite maison de quatre pièces en rez-de-chaussée avec un jardin potager attenant qui serait laissé à votre libre disposition.

Il s'agit, je crois, d'une belle opportunité, et je suis persuadé, si vous êtes bien celui que j'imagine, que vous ne laisserez pas passer votre chance et que vous voudrez saisir la main que je vous tends.

Venez me le dire de vive voix, nous bavarderons et je saurai ensuite appuyer efficacement votre candidature auprès de l'institution qui gère ce bien.

Dans l'attente de vos nouvelles, je vous prie de recevoir, Cher Monsieur, l'expression de mes sentiments distingués.

Marc André HANIEL

Galipsina Walenska
Couvent de Kluzek
Gory 12 province de Plock
Pologne

Barthélémy Parpot
18 rue Bayard, 31000 Toulouse, France

Kluzek le 2 octobre 2000

Mon Cher Barthélémy,

Cette lettre est un appel au secours. Je vous supplie de prier pour moi ou de faire un de ces petits miracles dont vous avez le secret. Je ne peux pas vous en dire plus mais je crois que je vais vers des jours très sombres. Il n'y a qu'Antonia pour me protéger. Hier, quand la mauvaise nouvelle est arrivée du laboratoire, elle m'a emmenée dans sa cellule et elle m'a fait longuement parler de vous. Ensuite elle m'a pressée de m'enfuir du couvent. Elle pense qu'ils risquent de prendre des décisions contre moi, encore que je ne sache pas vraiment lesquelles, mais la peur d'Antonia était assez visible pour que je commence moi aussi à avoir peur.
Antonia me conseille de rejoindre ma famille et de parler avec franchise à ma mère. Moi je sais que ça ne servira à rien ! Ma mère n'est pas du genre à transiger avec les ordres des curés. Quand je dis à Antonia que mes parents ne voudront pas me

garder, elle hoche la tête, puis elle me caresse la joue du bout des doigts et finit par admettre que dans ce cas je n'aurai plus qu'à prendre le train pour vous rejoindre. Elle m'a promis de prier pour moi et aussi pour que vous soyez un homme aussi bon que ce que je crois. Là-dessus au moins je suis tranquille car moi je sais qui vous êtes.
Antonia m'a donné un peu d'argent pour que je puisse me débrouiller pendant quelques jours et ensuite prendre le train jusqu'en France si ça se passe mal chez moi.
Je ne peux pas vous en dire plus parce que c'est difficile comme ça dans une lettre, mais j'ai une totale confiance en vous, et je bénis le Seigneur de m'avoir permis de vous connaître.
Je vous écrirai à nouveau après-demain, mais je préfère que vous ne m'écriviez pas chez moi car ça ne pourrait que me compliquer les choses.
Je prie pour vous chaque jour et pour toujours,

Votre Galipsina

Barthélémy Parpot
18 rue Bayard
31000 Toulouse

Toulouse, le 5 octobre 2000

Ma chère Maman,

J'ai rencontré Dieu mais je ne peux pas t'en parler car ça ne s'est pas du tout passé comme je pensais. On a bien discuté mais il ne m'a pas donné les commandements comme à Moïse. De toute façon, j'en ai appris de belles sur la création et je peux seulement te dire que Dieu n'est pas assis comme l'imaginent les curés, sur un grand nuage blanc, mais plutôt sur un tas de feuilles blanches qu'il remplit quand il en a envie.

Il m'a promis qu'il allait m'arranger les choses de la vie, mais entre nous j'y croirai quand je les aurai parce que jusqu'à présent il s'est pas gêné pour me faire des coups tordus. Le plus souvent il me donne de grandes espérances qu'il me supprime au dernier moment. Pourtant cette fois il s'est directement adressé à moi et il m'a martelé solennellement « Dis-moi et je t'exaucerai » sauf que j'ai été pris de court et que j'ai plus su quoi lui répondre. Je ne me fais cependant pas trop de soucis parce qu'il est assez malin pour savoir ce que je pense, et même au-delà.

Sans vouloir vendre la peau de l'ours, je crois que sa volonté commence à être faite parce qu'avant-hier un type que je connaissais pas du tout m'a proposé comme si ça tombait du ciel un vrai travail à durée indéterminée avec en plus une maison et un jardin. À mon avis, ça ne peut être qu'un coup à lui, parce que c'est pas le Père Pénide ou l'Imam de la Farouette qui sont capables de faire des trucs pareils. Il n'y a qu'un seul grand Patron et ses représentants sur terre ne valent pas tripette. Et même je peux te dire en grand secret qu'il n'y a qu'un seul Bon Dieu et qu'il se pourrait que je sois son Envoyé (S & B sur moi) mais rien n'est encore sûr.

Je suis allé voir ce Monsieur Haniel qui est très gentil et très compréhensif. Il m'a dit que ce travail de gardien du Château de Senac me conviendrait et qu'il était bien adapté à quelqu'un de sérieux et d'appliqué comme moi. Il faut surtout aller ouvrir les fenêtres de temps en temps, ramasser les feuilles en automne, mettre le chauffage les jours où il y a des gens qui viennent, et surveiller les gouttières, enfin il y a exactement dix-huit points à respecter les uns après les autres. L'ancien employé a été renvoyé parce qu'il volait des bouteilles de vin de la cave et qu'il invitait ses amis comme s'il était chez lui.

La maisonnette que je pourrais avoir, est à droite en entrant, à l'abri des peupliers, avec un jardin potager derrière. Elle a quatre pièces toutes retapissées de frais en jaune paille très joli, sauf la chambre qui est en vert clair ce qui donne de l'espoir. Il y a aussi des frises en papier peint avec des fleurs jaunes, et ça m'a fait penser à ma pauvre Galipsina qui serait si contente de voir ce coin de paradis qui sent encore le neuf.

À ce sujet, j'ai reçu une lettre pleine de cachotteries qui m'a beaucoup inquiété parce que je me demande ce qui se manigance contre elle, mais en même temps cette lettre m'a fait énormément plaisir justement parce que c'était une lettre d'elle alors que je croyais ne plus jamais en recevoir. Elle ne veut pas que je lui écrive, mais elle m'a promis de m'envoyer bientôt une autre lettre. Je ne sais pas exactement ce qu'il faut penser de tout ça, mais je prie pour elle avec ferveur et je suis prêt à aller en Pologne si nécessaire, même en hiver, surtout si elle veut bien m'expliquer vu qu'elle a déjà fait le chemin.

Enfin pour en revenir à la maisonnette et au travail de la Chambre de Commerce, j'ai dit « oui » à Monsieur Haniel ce qui doit te faire très plaisir depuis le temps que tu veux que j'aie un vrai travail. J'attends maintenant un contrat de travail en bonne et due forme pour le signer en deux exemplaires et en garder un qui me revient, mais comme avec Dieu il faut quand même se méfier, je préfère achever d'y croire quand je l'aurai et que je m'installerai dans ma maisonnette du 235 de la route de Seysses. Je t'ai pas dit mais elle est meublée parce qu'évidemment mon Créateur sait que je n'ai pas de jolis meubles adéquats et qu'il a préféré aller jusqu'au bout avec un canapé pourpre qui est assorti aux murs.

Monsieur Haniel m'a aussi proposé une avance pour que je puisse m'acheter des habits corrects pour commencer à travailler. C'est incroyable comme le Bon Dieu peut penser à tout.

Tu vois, ma petite maman, les choses de ma vie vont dans la direction que tu as toujours voulue pour moi, et je me dis que tu dois être bien contente. Moi aussi évidemment je suis content surtout en pensant que tu es contente de moi.

Je vais te laisser et je te tiens au courant au sujet de Galipsina qui m'inquiète beaucoup parce que la rancune des catholiques Polonais on sait ce que ça peut donner comme dit Jean-Louis.

Je t'embrasse très fort.

Je viendrai au cimetière cet après-midi.

Ton fils dévoué Barthélémy

Galipsina Walenska

Barthélémy Parpot
18 rue Bayard, 31000 Toulouse, France

Varsovie, le 17 octobre

Mon cher Barthélémy,

Je me suis enfuie du couvent parce qu'ils ont voulu m'envoyer à l'infirmerie pour me « débarrasser du parasite »... C'était à cette seule condition qu'ils m'auraient gardée à Kluzek et qu'ils m'auraient permis de prendre le voile. Je ne pouvais accepter ça ! Je suis outrée qu'ils aient seulement osé y penser. Même leur manière de désigner le fruit de mes entrailles était révoltante ! Quant au reste...
Antonia avait tout deviné. Elle m'a aidée à rejoindre Varsovie, mais dans ma famille tout s'est hélas passé comme je le redoutais. Ma mère n'a rien voulu entendre. Elle m'a ordonné de prendre quelques affaires et de ne plus jamais remettre les pieds chez moi, enfin chez eux, je ne sais plus comment je dois dire.
Je me suis réfugiée chez une amie d'Antonia. Dans quatre jours, je prends un train à tarif réduit pour Berlin, ensuite je change pour un autre qui va à Munich puis à Lyon en France, et là il y en a un troisième pour rejoindre directement Toulouse.
J'espère que vous voudrez bien continuer à me parler avec toute votre douceur, mais je dois vous avouer que je commence à craindre votre réaction.

Les croyants ne sont pas toujours charitables, et j'ai très peur que la Sainteté ne vous oblige, pour l'exemple, à être plus intransigeant que les autres. Peut-être que vous allez être embarrassé et vous mettre en colère en me voyant, mais je veux vous dire que, même si vous devez vous détourner de moi, je ne remettrai jamais en cause la vérité de votre cœur que je sais empli de douceur et de bonté.
Je devrais arriver à Toulouse vers 10h10 sauf s'il y a du retard ce qui est possible avec les contretemps et les milliers de kilomètres... J'ai vraiment honte de vous annoncer ma venue aussi brutalement, sans avoir pu obtenir auparavant votre consentement, et je comprendrais parfaitement que vous soyez fâché contre moi. D'ailleurs si vous ne pouvez pas venir ou si vous ne souhaitez pas me voir, je ne vous en voudrai pas du tout et j'arriverai à me débrouiller d'une façon ou d'une autre parce que je suis sûre que si les gens et même une maman peuvent se résoudre à vous laisser tomber, notre Seigneur Jésus Christ, lui, n'abandonne jamais personne.
Je prie pour lui, je prie pour vous.
Je prie pour qu'il vous donne l'autorisation d'être là.
Je prie pour que vous ne soyez pas fâché contre moi.

Votre Galipsina

CHAMBRE DE COMMERCE ET D'INDUSTRIE
DE TOULOUSE

Monsieur Barthélémy PARPOT
18 rue Bayard
31000 TOULOUSE

LE PRÉSIDENT
ST/JP

Toulouse, le 20 octobre 2000

Monsieur

J'ai l'honneur de vous faire connaître que votre candidature a été retenue par la Chambre de Commerce et d'Industrie de Toulouse en qualité de gardien au service du Château de Senac à compter du 3 novembre 2000.

Conformément au statut du Personnel des Chambres de Commerce, vous effectuerez durant trois mois un stage probatoire dans votre fonction. Au cours de ce stage probatoire, il pourra être mis fin au présent contrat sans indemnité sous réserve d'un préavis réciproque d'un mois. A la fin de ce stage et dans la mesure où vos services auront été jugés satisfaisants, vous serez titularisé et bénéficierez de la totalité des dispositions du statut du personnel des Chambres de Commerce et d'Industrie.

Votre salaire mensuel brut est fixé à six mille deux cent francs brut (6200) pour un temps partiel, y compris un logement de fonction. Il correspond à l'indice 42 de la grille des salaires du personnel des Chambres de Commerce.

Vous voudrez bien retourner un exemplaire du présent engagement à la Chambre de Commerce après apposition de votre signature précédée de la mention « lu et approuvé ».

Je vous prie d'agréer, Monsieur, l'expression de mes sentiment distingués.

Charles METATRON

LE RAIL 31

Le Mensuel des Cheminots de la CGT de Haute-Garonne

Une fête improvisée à la gare de Toulouse Matabiau

Nos camarades de la section Matabiau ont improvisé un sympathique accueil à une jeune réfugiée polonaise qui venait retrouver son fiancé à Toulouse. Alors que ce dernier attendait sur le quai, avec un petit bouquet de fleurs jaunes, le 10 h 10 de Narbonne, c'est subrepticement qu'il a été entouré par l'ensemble de nos camarades qui savaient l'impatience de cet homme qui espérait depuis des jours cet heureux dénouement. Sitôt l'annonce de l'arrivée passée, le requiem de Mozart a retenti dans les haut-parleurs à la grande stupéfaction des voyageurs.

La jeune fille est apparue dans une robe blanche très simple, nouée à la taille par une sorte de cordelette, ses magnifiques cheveux blonds tombaient avec grâce sur ses épaules. Son amoureux lui a pris la main pour l'aider à descendre du train sous une pluie de confettis multicolores et d'applaudissements. Notre chœur a alors entonné l'hymne occitan régional et des larmes d'émotion ont coulé sur les joues de cette jeune personne visiblement bouleversée par cet accueil. La seule fausse note aurait pu venir de l'agent d'accueil toujours apte à brandir la charte qualité, mais il a vite été remis à sa place afin que les deux héros de cette fête puissent tranquillement remonter le quai et traverser le hall au milieu d'une haie de curieux qui se persuadèrent vite d'avoir affaire à des célébrités. Au moment de quitter la gare, le fiancé a tenu à embrasser chacun de nos camarades et il leur a promis de repasser de temps en temps les voir même s'il ne viendra plus tous les matins chercher ce qu'il a trouvé. Un bien beau dénouement digne des meilleurs scénarios hollywoodiens serait-on tenté de dire, en tout cas une belle fête pleine de simplicité et d'amitié. [Raphaël S.]

CARTE DE TIERS PAYANT SANTE
MUTUELLE DE PREVOYANCE
DES PERSONNELS DES ETABLISSEMENTS PUBLICS

Adhérent :
N°Adhésion : 023768H
PARPOT BARTHELEMY
N°Entreprise : 189/008

Date édition : 10.11.2000

Bénéficiaires

Nom	**Prénom**	**Numéro**	**Année**
PARPOT	Barthélémy	1 590 631	2000-2001
WALENSKA	Galipsina	2 771 251	2000-2001

« MPPEP, La Mutuelle de la Bonne Vie Facile »

Barthélemy Parpot
235 route de Seysses
31100 Toulouse

Toulouse, le 12 novembre 2000

Ma chère maman,

Je ne te dis pas tous les bons papiers et les formulaires qui m'arrivent. J'ai rempli toutes les fiches d'adhésion auxquelles j'avais droit, et les gens me répondent avec politesse et avec des reçus très bien rédigés. Je les lis comme des messages du Bon Dieu, surtout ceux de la Mutuelle de Prévoyance et de la Sécurité Sociale ou encore celui de l'Assurance Vie, et j'attends avec impatience mes premières feuilles d'impôt sur le revenu.

Le Bon Dieu fait très bien les choses quand il s'y met, et tout est tellement sérieux que je ne crains plus une mauvaise blague, encore qu'une embrouille de dernière minute n'est jamais à exclure avec Lui... D'ailleurs à ce sujet, j'écris chaque jour une prière que je mets dans la boîte de conserve qui tourne sur son axe comme un moulin à pouja. Je l'ai installée au fond du jardin dans le joli petit autel que j'ai arrangé à l'abri du vent dans le cabanon où étaient rangés les outils. Je me suis aussi fabriqué un chandelier à sept mitsvoth avec de vieux pneus que j'ai recouverts de papier alu, et aussi un crucifix avec un petit personnage dessus. En ce moment je sculpte un bouddha dans un tronc de peuplier et je peux te dire que tout ça commence à faire bien joli à la nuit tombée avec les bougies allumées. J'aimerais vraiment que tu voies comme Galipsina s'enthousiasme devant chacune de mes trouvailles!

À ce sujet il faut que je t'annonce une chose très importante que j'hésite à te dire depuis plusieurs jours parce que ce n'est pas facile à dire et que ça concerne ma vie intime.

La vraie vérité c'est que j'aime Galipsina de tout mon cœur et aussi qu'on va se marier si tu le veux bien avec ton consentement. Je sais que c'est une pilule un peu amère à avaler pour une maman de voir son fils convoler mais je te signale que Galipsina est une merveilleuse jeune fille et qu'en plus elle vient d'un ancien pays marxiste comme toi.

Bon c'est d'accord, je vais te raconter ce qui se passe entre nous puisque tu veux toujours tout savoir, mais c'est la dernière fois et ensuite en échange tu me donnes ta bénédiction ferme et définitive.

Je t'avais dit comment Galipsina était arrivée à la gare et la surprise de mes amis de la CGT, et ensuite comment je lui avais fait visiter Toulouse, la place du Capitole, les Jacobins, les quais de la Garonne qui sont si beaux quand on a une amoureuse avec soi. Elle s'émerveillait de tout, on marchait bras dessus bras dessous dans la rue comme les autres gens, et des fois on se serrait la main mais avec timidité et rien de plus.

Le soir venu, on a pris le bus 22 à Esquirol pour rejoindre le 235 de la route de Seysses et on est descendus devant l'asile des Petites Sœurs des Pauvres qui est au 208. Des malheureux étaient agglutinés à attendre que ça ouvre et j'ai presque eu honte de passer devant eux avec tant de félicité à mon bras car je savais bien le mal que je leur faisais.

Plus on avançait plus notre émotion grandissait et on est enfin arrivés devant notre maison qui lui a semblé être un palais même que j'ai eu peur pendant un moment qu'elle pense qu'on habitait le Château, mais finalement non parce que ses rêves ne dépassent pas les miens.

Elle a pleuré d'émotion et elle touchait les murs sans y croire pour voir s'ils n'étaient pas en sucre, puis on a été dans le jardin et à l'autel que j'avais fini la veille. Il faisait nuit et j'ai allumé les sept cierges d'Israël et les bâtons d'encens des lamas du Quercy. Le cabanon ressemblait à un sanctuaire sacré. Galipsina a encore pleuré d'émotion et moi je lui disais que je l'aimais et que c'était le plus beau jour de ma vie et elle me disait qu'elle aussi ce qui tombait très bien ! Elle s'est agenouillée et a commencé à prier à mi-voix avec une ferveur qui m'a donné la chair de poule et je me suis aussi agenouillé à ses côtés. Ça a duré très longtemps même que j'avais les genoux en compote, puis à un moment on s'est levés et solennellement enlacés, on est rentrés lentement vers la maison en regardant les étoiles ce qui nous faisait de beaux souvenirs au sujet de la nuit dans la forêt que je ne t'ai jamais racontée vu que tu es ma maman. On a fini par se retrouver dans la chambre, un peu gênés d'être ensemble tous les deux sans personne, je veux dire là, dans une chambre qui serait que pour nous. J'ai allumé les bougies qui étaient sur ma commode et sur le rebord de la fenêtre, et tout a semblé soudain flotter même qu'on se serait cru dans un conte des Mille et Une Nuits. C'était étrange et émouvant, presque irréel. Galipsina s'est approchée de moi les mains jointes comme pour prier encore, moi j'en avais un peu assez, sauf qu'elle recommençait à avoir son visage d'ange de la nuit des étoiles. Elle est venue se serrer dans mes bras et on est restés longtemps comme ça agrippés sans bouger, ou alors juste mes mains qui lui caressaient les épaules et le dos mais pas plus bas. Ses doigts étaient accrochés au col de ma chemise, et il me semblait que rien n'aurait pu lui faire lâcher prise ce qui est très agréable comme sensation.

J'ai un peu honte de le dire, mais très vite j'ai eu envie de la voir toute nue comme dans la forêt, sauf que je ne pouvais plus compter sur l'aide de Vierge Marie. J'ai pris mon courage et ses boutons à deux mains, comme un homme un vrai et j'ai tout dégrafé jusqu'en bas sans même qu'elle esquisse un mouvement sinon par la chaleur de son souffle qui venait dans mon cou. Peut-être étais-je touché par la Sainte Certitude de l'Envoyé de Dieu, mais rien n'aurait alors pu m'empêcher de la déshabiller et elle a dû le sentir car elle ne s'y est pas risquée. Quand il s'est agi de descendre aussi sa culotte elle a eu un sursaut de surprise, puis un sourire d'indulgence devant mon air ravi comme elle m'a dit après. L'apparition de ses deux fesses blanches m'a empli d'une douce euphorie, car ce n'était pas un mirage divin mais bien une splendide et généreuse réalité à contempler, caresser et sanctifier.

Je ne devrais pas te raconter toutes ces choses sexuelles vu que tu es ma maman, mais c'est le libre arbitre qui m'oblige à ne plus tergiverser et à être crédible. Je reconnais que c'est pas plus facile à entendre qu'à dire, mais c'est toi qui as voulu tout savoir avant de donner ton consentement. Donc j'en étais que nous nous caressions avec respect ce qui n'empêche pas le désir, et que le miracle de l'amour s'était produit jusque tard dans la nuit... Elle me disait que c'était fabuleux, qu'elle m'appartenait et moi j'acceptais d'accomplir le miracle comme si c'était normal d'être un homme dans un lit avec une jolie amoureuse contente de s'offrir. Voilà c'est dit une fois pour toutes et sans ambiguïté !

Tu n'imagines pas comme il est facile d'aimer la vie quand on a une gentille amoureuse contre soi ! Nous n'avions aucune honte et nous avions hâte de découvrir toutes les possibilités que le Bon Dieu a bien voulu nous donner en notre corps, et même celles qui ressemblent parfois à des positions de prières surtout celles de l'imam sauf que ce n'en est pas. Toutes ces choses ne sont pas scandaleuses comme certains veulent bien le dire. En fait la honte est dans la tête des hommes, et les mots que me murmure parfois Galipsina pour m'encourager, ne me font même pas rougir parce que je sais que dans sa bouche ce sont des mots d'amour. Parfois je me demande où elle les a appris.

Il ne se passe plus une nuit sans que je ne connaisse Galipsina.

Tous les deux, on tient plus que tout à notre cérémonial du soir. À la nuit tombée, on laisse les volets ouverts et les lumières allumées, et on s'en va, emmitouflés et recueillis, vers notre petit autel. On allume les bougies et on prie ensemble en se tenant la main, et de temps en temps on se retourne pour voir notre maison éclairée, notre paradis où il y aura bientôt des rideaux. Parfois je me dis que c'est trop de bonheur et qu'il faut faire attention à en laisser pour les autres. De toute façon, maintenant que j'ai connu Galipsina et son amour et son envie de combler mes moindres désirs, maintenant que j'ai connu cela, je suis tranquille. Je me moque de ce qui adviendra, je n'ai plus peur, je n'ai plus besoin de me lamenter et d'être inquiet, mais je veux partager avec ceux qui sont dans la solitude, parce que moi je sais trop combien c'est dur d'être seul sans personne à chérir, sans personne qui a peur pour vous, sans personne le soir quand vous rentrez à la maison pour vous écouter dire que le monde n'est pas comme qu'il devrait et que vous n'avez toujours pas réussi à être comme vous aimeriez.

Le merveilleux est désormais dans le creux de mes mains, un jour il s'envolera ailleurs, mais j'en aurai tenu un bout pendant quelques secondes, comme le Bon Dieu me tient dans sa main durant ces quelques pages... et ça me suffit bien.

À très bientôt. Je t'embrasse,

Ton fils dévoué Barthélémy

PS : J'ai l'impression que Galipsina a un secret ou des soucis et ça m'inquiète. Elle ne m'a rien dit de ce qui s'était passé en Pologne et quand je la questionne, elle repousse à plus tard, mais plus tard ce sera Noël et même l'année prochaine.

HOPITAL DUPARC
Service d'Imagerie Médicale
16 rue des Cordonniers 31076 Toulouse

Docteur Jacques GABRIEL
Diplômé de Radiologie

Toulouse le 14.11.00

Madame Galipsina Walenska

ECHOGRAPHIE OBSTETRICALE

Examen effectué à 12 semaines d'aménorrhée

Présence d'un fœtus dont :
Le diamètre bipariétal est de 20 cm
La longueur crânio-caudale est de 60 cm
Ces mesures traduisent bien un développement fœtal correspondant à 12 semaines d'aménorrhée, ce qui fait un début de grossesse aux environ du 23 août 2000, et un terme probable au 22 mai 2001.

Les mouvements cardiaques et fœtaux perceptibles semblent présenter quelques anomalies qu'il est nécessaire d'analyser.

Dr Jacques GABRIEL

Galipsina Walenska
235 route de Seysses
31100 Toulouse — France

Sœur Antonia Solenski
couvent de Kluzek
Gory 12, province de Plock
Pologne

le 15 novembre 2000

Ma chère Antonia,

Je t'écris comme promis pour te rassurer et te dire que je ne m'étais pas trompée.
Barthélémy m'a accueillie avec bonté et amitié sans me poser de questions. Il y avait même une petite fête en mon honneur à la gare. Ça m'a un peu gênée, mais à y repenser j'ai été bien sotte car tout était fait avec bon cœur.
En vérité, toutes ces épreuves m'avaient rendue craintive et timide, mais en une soirée mon Parpot a su tout effacer et faire renaître la magie de Lourdes.
Nous avons une petite maison avec un jardin qui est très jolie. Je l'arrange comme je peux. Nous n'avons pas beaucoup d'argent et mon Parpot en donne pas mal aux malheureux qui ont pris l'habitude de venir lui parler. Au début c'était derrière la grille, maintenant c'est dans le cabanon du jardin qu'il a pieusement décoré. Il en reçoit jusqu'à trente par après-midi. Je ne sais pas ce qu'il leur dit mais tous repartent réconfortés, et nombreux sont ceux qui reviennent glisser des ex-voto de papier entre les pierres de la clôture.

Une voisine est venue me dire qu'il faut pas se laisser faire et que tous ces gens profitent de la gentillesse de mon Parpot pour lui soutirer son argent. Je lui ai dit qu'il ne fallait pas craindre autrui et elle m'a regardée comme si j'étais une demeurée mentale, et puis elle m'a lancé que si cette bande de fainéants arrivait devant son portillon, elle appellerait la police. Je ne comprends pas en quoi cela la gêne.

Antonia, il te faudrait voir le courage de vivre qui anime mon Parpot. Je suis sûre que sa Foi et sa Confiance en Dieu le soutiennent et j'ai remarqué qu'il priait très bien, pas toujours de façon orthodoxe, mais avec une émotion qui est belle à voir.
Au Château il est l'homme à tout faire, mais heureusement il n'y a pas grand-chose à faire car il y vient très peu de monde. Il est à la fois portier, commissionnaire, agent d'entretien, veilleur et il s'acquitte de toutes ces tâches avec entrain et sans jamais se plaindre.
Il ne me parle guère des misères physiques et morales qu'il soulage pourtant je vois bien qu'elles l'épuisent. Il est le confident de tous, et je crois qu'il a trouvé sa mission qui est de rendre aux autres les bonheurs que Dieu lui donne sans s'empêcher de bien en profiter au passage chaque soir. Et crois-moi, je suis bien placée pour le savoir, mais ça me plaît aussi !
Ses yeux s'illuminent dès qu'il me regarde et il en est bouleversant. Tu verrais le soir dans notre petite chambre comme il me vénère avec douceur. Je crois être dans un rêve, car il a le don d'être simplement heureux comme tous les Saints de la Terre.
Oh ! si tu savais comme tout me rend heureuse ici.

J'ai foi en Jésus Christ et dans les preuves des bontés infinies de la création et des principes complémentaires comme le yin et le yang !
Pourtant je n'ai pas encore osé lui dire que j'étais enceinte. Cela m'attriste. Plus je recule, plus cet aveu me semble difficile. C'est stupide car je suis sûre qu'il va accueillir avec joie cette nouvelle mais il n'empêche qu'elle reste coincée au fond de ma gorge comme quand il s'agissait de confesser des choses intimes au Père Jarowski. En vérité je redoute une mauvaise nouvelle. Je dois faire de nouveaux examens complémentaires. Après ces examens, je parlerai à Parpot... Tu crois que Dieu veut nous punir ? Ce serait bien injuste pour ce petit être qui n'y est pour rien, et Jésus est trop bon pour ce genre de mesquinerie, à moins que ce ne soit la Mère Supérieure qui m'ait maudite, elle en est bien capable, j'ai même fait des cauchemars la nuit dernière à cause d'elle.
Notre vie est là toute contenue dans ces quelques lignes. C'est une petite vie banale qui ne laisse pas de trace... Bientôt si Dieu le veut, nous serons trois dans notre maison et nous formerons une famille heureuse. Je prie chaque soir pour que mon bébé naisse en bonne santé. Prie pour lui Antonia, car ta voix est si douce qu'elle atteint le ciel. Prie pour mon bébé et si tu peux, fais dire secrètement une messe pour lui... Je t'en remercie.

Galipsina

Barthélémy Parpot
235 route de Seysses
31100 Toulouse

Monsieur Marc André HANIEL
6 place Saint Sernin
31000 Toulouse

Le 30 novembre 2000

Monsieur,

Je me permets de vous écrire pour vous signaler un état de fait qui pourrait se retourner contre moi s'il n'était pas dûment signalé à une personne telle que vous car des manifestations d'hostilité peuvent survenir comme souvent en pareil cas.

Cet état de fait concerne mon cabanon de jardin que j'ai dû agrandir par un auvent et une sorte de véranda avec des morceaux de verre de récupération qui finissent par faire comme un vitrail surtout qu'il y en a de toutes les couleurs.

C'était nécessaire à cause des nombreux visiteurs que je ne pouvais tout de même pas laisser dans le froid. Ce sont des gens dans le besoin, je veux dire dans le besoin d'argent mais aussi dans le besoin de considération et de gentillesse et de respect, et dans le besoin de parler d'eux. Moi je les console d'être pauvres, d'être seuls, d'être sans l'amour d'une jolie amoureuse, d'être sans leurs parents qui sont morts il y a longtemps. Je les console de ne pas être les maîtres du monde avec des dollars, de ne pas voyager dans des avions rapides, de ne pas sortir l'*American Express* chez *Ed l'épicier*, de ne pas être adulés par des femmes de cinéma. Je les console d'être ce qu'ils sont et aussi d'être mortels.

Ils aiment les mots que j'emploie parce que ce sont les leurs, et vous n'imaginez pas comme les mots ont le pouvoir d'apaiser la solitude. Je leur donne tout ce que je peux et ils sont contents parce qu'ils repartent avec quelques pièces et qu'ils ont été gentiment écoutés et un peu aimés même si ça n'a pas duré longtemps parce que j'ai pas quatre bras.

C'est pour ça que j'ai installé deux vieux fauteuils devant l'autel qui est rempli de bougies et surtout de briquets pour les allumer. Il y a plus de briquets que de bougies à cause de la petite marchande de briquets qui n'est pas danoise comme on croit mais plutôt tchétchène ou gitane quoique orpheline. Elle vient tous les jours pour m'en vendre un.

En fait mon problème c'est que j'ai aménagé ce cabanon sans demander l'autorisation au régisseur qui ne me l'aurait évidemment pas donnée car c'est une personne qui a toujours peur de se faire avoir et qui déteste la terre entière à commencer par les juifs et les arabes. Moi il me déteste parce que j'ai été pistonné comme il dit partout, alors qu'il avait prévu de placer son beau-frère.

Il a appris pour les gens qui piétinent devant le portillon, et ça ne m'étonnerait pas qu'il fasse une note au directeur pour se plaindre de moi. Je ne voudrais surtout pas qu'on pense que j'invite tous mes copains pour faire la fiesta au Château comme mon prédécesseur parce que c'est pile le contraire. On est pas à faire la fête des imbéciles qui dansent et boivent parce que c'est samedi et qu'il faut faire la fête. Nous, c'est juste un peu de sympathie entre nous et du réconfort pour trouver le courage de continuer.

J'espère que vous pourrez expliquer tout ça au Président et qu'on ne me prendra pas pour celui que je ne suis pas.

Je vous prie de bien vouloir agréer, Cher Monsieur, l'expression de mes respectueuses contritions.

Barthélémy Parpot

Sœur Antonia Solenski
Couvent de Kluzek
Gory 12, Province de Plock
Pologne

Le 2 décembre 2000

Ma petite Galipsina

Comme j'ai été heureuse de lire ta lettre !

J'ai été soulagée d'un poids qui me serrait le cœur depuis que je t'ai vue quitter notre couvent, comme une voleuse, avec ton baluchon à la main.

Que je suis contente de savoir que ton Parpot est un homme digne de toi et que vous menez une vie pieuse dans l'amour de Dieu !

Sans vouloir te désobliger, je peux t'avouer aujourd'hui que je ne croyais pas vraiment à ton histoire. À ma décharge, il faut que tu saches que je n'ai pas que de bons souvenirs avec les hommes. Mais Dieu me donne, à travers ton exemple, une magnifique leçon d'humilité et de confiance !

À toi désormais d'aller au bout et de te confier à ton ami qui ne pourra que se réjouir, j'en suis maintenant sûre, de l'enfant que tu portes.

Je t'écrirai plus longuement dans les jours prochains, pour l'heure je ne peux pas. Je voulais juste te témoigner ma joie.

Va ma bonne Galipsina, tu es le soleil de mes jours, tu es la fille que je n'ai jamais eue !

Tu es celle qui capte la lumière de notre Seigneur.

Je prie avec une infinie affection pour votre sainte petite trinité.

Antonia

Monsieur le Commissaire

Je vous signale que la situation de la route de Seysses est inqualifiable à cause des étrangers sales, mal habillés et grossiers qui passent dans tous les sens. Certains se tiennent par la main ce qui est un exemple consternant pour les jeunes du collège André Gide.

Depuis trois jours, un homme avec un orgue de Barbarie se permet de faire de la musique dans la rue sans autorisation. De nombreuses personnes s'agglutinent autour de lui ce qui gêne la circulation sur le trottoir. Des gobelets de thé chaud et sucré en flagrant délit par rapport aux lois sur les débits de boissons leur ont été apportés sur des plateaux par des gens peu scrupuleux et en plus polonais qui feraient mieux de rester chez eux.

Il faut que la police apprenne à ces individus que la France est un pays libre et qu'on a pas à subir des nuisances des gens sales devant chez soi.

Il m'a semblé qu'il était de mon devoir de bon citoyen de vous signaler ces problèmes pour que vous les fassiez cesser.

J'adresse une copie de ma lettre au Maire de Toulouse et au député de l'arrondissement.

Je vous prie de recevoir mes respectueux sentiments.

Galipsina Walenska
235 route de Seysses
31100 Toulouse — France

Sœur Antonia Solenski
couvent de Kluzek
Gory 12, province de Plock
Pologne

Ma chère Antonia,

J'ai eu ta lettre ce matin et je me suis empressée de suivre ton conseil et d'aller parler à mon Parpot. En vérité j'ai préféré attendre l'après-midi et me glisser en bonne place dans la file des gens qui patientaient pour lui parler.
Quand je suis entrée dans le cabanon, il a été très surpris et il s'est empressé de me faire asseoir dans le fauteuil qui est en face du sien.
Il règne une étrange atmosphère dans ce réduit. L'odeur n'y est pas très agréable car il n'est pas souvent aéré, et puis les gens qui y passent ne sont pas des monstres de propreté, mais ça je n'y peux rien.
Une fois assise, j'ai été comme submergée par une vague de quiétude. Des images de paix et de tendresse se succédaient dans ma tête. Elles étaient très floues et entrecoupées par le sourire bienveillant de mon Parpot. Ça a été une étrange sensation de béatitude... Un peu comme si le Bon Dieu était présent dans ce cabanon.
Il m'a demandé d'une voix douce ce que je voulais ou s'il pouvait faire quelque chose pour moi. Je lui

ai dit que j'avais une grande nouvelle dans mon ventre qui nous concernait tous les deux mais comme il n'a pas eu l'air de comprendre mon image, j'ai du mettre les points sur les « i » et même là il a semblé avoir du mal à me suivre. Je lui ai alors dit en détachant chaque syllabe que nous attendions un enfant. Tu l'aurais alors vu se lever d'un bond et sauter de joie et rire. Il a même failli casser la petite lampe rouge qui est au-dessus du ciboire en carton. Il répétait comme un fou « Ô ma Galipsina, c'est encore un plus beau jour de ma vie ! C'est encore un plus beau jour de ma vie ! » et il m'a serrée contre lui. Alors je lui ai murmuré que ce bébé avait peut-être quelques problèmes de santé et je lui ai dit que je craignais qu'il soit anormal.
Et là, ma chère Antonia, j'ai été très surprise par sa réaction. Je n'aurais jamais imaginé que tant de violence puisse couver sous tant de douceur.
Il a levé le poing vers le ciel et il s'est emporté contre un certain Monnier que je ne connais pas. Il avait l'air vraiment furieux. Il hurlait « Tu vas les tenir tes promesses ? Tu vas les arrêter tes âneries ! On a une alliance mais je te vois venir... Tu ne peux pas t'empêcher de faire le mal... »
Il vociférait des reproches pour la plupart incompréhensibles, puis au bout d'un moment il a commencé à se calmer. Une fillette est arrivée avec des bouteilles d'Orangina. Elle s'appelait Colette ou Josette, un truc comme ça, et elle lui a dit que sa mère le remerciait pour ce qu'il avait expliqué à son mari. Cela a fini de le calmer. Il a offert un briquet à la petite qui est repartie contente, puis il s'est tourné vers moi pour s'excuser. Il m'a dit

mystérieusement, mais avec un air de certitude qui m'a définitivement rassurée : « Dieu, il faut parfois le rappeler à l'ordre, mais surtout ma jolie petite chérie, ne t'en fais pas car tout va s'arranger, je te le jure ! »
Tu peux dire ce que tu veux, moi je crois à ses miracles. Je sais que les derniers examens vont être bons et que je vais avoir un bébé en pleine santé.

J'aimerais vraiment que tu puisses venir nous voir à Toulouse. Peut-être à la naissance du bébé ? Il n'y a rien qui me ferait plus plaisir. En fait il y a quelque chose qui me ferait encore plus plaisir, c'est que tu acceptes d'être la marraine de notre enfant... Je ne sais pas si tu en auras l'autorisation, mais penses-y.
Je t'embrasse et je prie chaque soir pour toi.

Galipsina

PRIÈRE

Notre Père qui êtes dans votre bureau,
Faites que votre volonté soit faite dans vos livres
comme au ciel
Donnez-nous notre pain quotidien et laissez naître
nos enfants en bonne santé
Faites que les bonnes nouvelles puissent nous conduire
vers le bonheur durable
Et que les entourloupettes et les faux-semblants
puissent ne plus exister
Nous reconnaissons que vous êtes notre seul Bon Dieu
et qu'il n'y a pas d'autres dieux
Et nous rejetons tous les faux dieux cités
dans les articles du monde.
Soyez remercié de toutes vos bontés et
délivrez-nous de nos doutes
Faites que nous n'ayons plus peur du lendemain et que les
lettres administratives nous apportent de bonnes nouvelles.
Et surtout évitez de nous enlever d'une main ce que vous
nous avez donné de l'autre
parce que c'est agaçant à la fin.

Barthélémy Parpot

Post-scriptum : Et n'oubliez pas vos promesses !

CHAMBRE DE COMMERCE ET D'INDUSTRIE
DE TOULOUSE

Direction des Ressources Humaines

NOTE INTERNE

De la part de: S. TEBOUL
À l 'attention de: Président Charles METATRON

Objet:
Plaintes Château de Senac.

ST/JP/Le 15.12.2000

Comme suite à votre demande et à la lettre de M. Haniel, je suis allé enquêter par moi-même sur la réalité des problèmes soulevés dans les plaintes reçues.

Notre agent de gardiennage, M. Parpot, m'a fait visiter le château sur l'entretien duquel il n'y a aucune remarque à faire. Il m'a ensuite emmené, à ma demande, au petit cabanon qui est source de litige. L'endroit est étonnant, assez difficile à décrire du fait de son caractère hétéroclite, mais il faut convenir qu'il y règne une atmosphère chaleureuse et rassurante.

Lors de notre conversation, M. Parpot a admis sans difficulté la véracité des faits évoqués dans les lettres anonymes mais il allègue avec raison qu'on ne saurait lui reprocher qu'il y ait des malheureux dans les rues de ce quartier ou que la présence d'autrui soit une gêne en soi.

Le commissaire de police m'a confirmé au téléphone qu'il n'y avait rien de répréhensible, ni tapage ni agression, autour du domaine et qu'au contraire le climat du quartier s'était bien amélioré ces dernières semaines. À un moment, il a même pris la défense de M. Parpot et vilipendé l'exagération sécuritaire des gens qui ne supportent plus personne. Il m'a assuré ne plus enregistrer les plaintes anonymes que lui-même reçoit à ce sujet.

En conclusion, je ne puis qu'appuyer la lettre de soutien que vous a adressée Monsieur Haniel et classer définitivement les plaintes de mauvais aloi. Je prépare une réponse en ce sens à votre signature.

S. Teboul

N.B. : Au risque de sortir du cadre de ma mission, je tiens à signaler que j'ai ressenti une grande émotion lors de cette rencontre.

Galipsina Walenska
235 route de Seysses
31100 Toulouse – France

Sœur Antonia Solenski
couvent de Kluzek
Gory 12, province de Plock
Pologne

le 20 décembre 2000

Ma chère Antonia,

Nous sommes dans le mois de Noël que j'aime tant, mais il manque ici la neige qui rend ces semaines si belles en Pologne, et j'en éprouve un brin de nostalgie.

Mais tout d'abord le plus important : Je sais depuis hier que mon bébé va tout à fait bien. C'est le Docteur Gabriel lui-même qui m'a appelée pour me rassurer. J'ai aussitôt prévenu mon Parpot qui a dit énigmatiquement « C'était bien la moindre des choses ! »
Il est vraiment surprenant dans son dialogue intime avec Dieu, on dirait qu'il ne s'en laisse pas compter. Cela n'a rien à voir avec la soumission craintive des prêtres de chez nous qui ont peur de tout.

Dans les rues de notre quartier, il y a une sorte de paix populaire, mais à Toulouse, c'est différent. Il y a beaucoup de magasins richement décorés et

beaucoup de gens qui achètent des paquets, mais leurs visages sont mornes. Ils font les courses de Noël comme ils disent ici, mais ça n'a pas l'air de les réjouir. Dans notre quartier il n'y a pas de magasins illuminés et les gens ont peu de paquets dans les bras, mais souvent le soir ils se rassemblent autour d'un monsieur âgé qui a une machine avec des cartes à trous qui fait de la musique pour peu qu'on tourne une grande manivelle.
Hier soir, des gens se sont mis à chanter. Ça a été un, puis un autre, et puis peu à peu tout le monde. Ils chantaient une jolie chanson française. Je te recopie les phrases de la partition que j'ai achetée :

« Non ! Rien de rien...
Non ! Je ne regrette rien
Ni le bien qu'on m'a fait
Ni le mal tout ça m'est bien égal !

Non ! Rien de rien...
Non ! Je ne regrette rien...
C'est payé, balayé, oublié
Je me fous du passé !

Avec mes souvenirs
J'ai allumé le feu
Mes chagrins, mes plaisirs
Je n'ai plus besoin d'eux !

Non ! Rien de rien...
Non ! Je ne regrette rien...
Car ma vie, car mes joies
Aujourd'hui, ça commence avec toi ! »

C'est très joli... Ils ont remis ça quatre ou cinq fois. La nuit était tombée. Parpot leur a distribué des briquets pour qu'ils se réchauffent les mains. Il en a beaucoup à cause d'une petite marchande qui passe le voir tous les jours. Les flammes faisaient très joli dans la rue et c'était très émouvant parce qu'il y avait peut-être cent personnes à la fin. Des pauvres du Centre mais aussi des gens qui passaient par-là et qui avaient eux aussi besoin de se réchauffer le cœur. Les visages étaient graves, tendus, à vif comme s'ils sortaient d'eux-mêmes. Ô comme l'humanité est parfois belle, Antonia, et comme il ne faut pas désespérer tout le temps !
Cette chorale improvisée était magnifique, mon Parpot qui n'était pas le dernier à entonner « Non rien de rien, Non je ne regrette rien » pleurait doucement avec tendresse. Des sourires discrets, timides, passaient sur les lèvres quand les regards se croisaient. D'autres se figeaient dans une sorte d'effroi comme s'ils retrouvaient brutalement tout ce qu'ils avaient perdu sans même s'en rendre compte.
Puis mon Parpot a demandé au monsieur de la machine de bien vouloir venir à la petite église des Innocents le soir de Noël, et le mot est passé ainsi des uns aux autres « Le soir de Noël à l'église des Innocents » comme un secret qui n'aurait eu besoin d'aucune explication. Personne n'avait envie de partir. Chacun espérait secrètement que l'homme avait d'autres plaques pour enchaîner sa musique. Je suis allée au petit épicier arabe acheter des biscuits, ceux qu'on appelle ici des « champagnes », et les paquets ont circulé de main en main avec

gravité, juste accompagnés d'un léger murmure. Tu comprends, je voulais qu'ils partagent quelque chose, comme chez nous pour la Saint Anselme.
Je puis t'assurer qu'il y a vraiment eu du bonheur et de l'humanité dans cette rue entre tous les gens... Je crois que ce quartier est béni et je crois que mon Parpot n'y est pas pour rien.
Antonia, je te souhaite un joyeux Noël. Je sais la belle veillée que vous allez avoir à Kluzek, j'en garde un souvenir ému, mais ici aussi ce sera, je pense, un vrai Noël.
Mes prières t'accompagnent.

Je t'embrasse.
Galipsina

Barthélémy Parpot
235 route de Seysses
31100 Toulouse

Ma chère maman,

Cette lettre est ma dernière lettre. Ça me rend triste mais je n'ai pas le choix parce que pour être un homme un vrai et un vrai papa il faut admettre les réalités du monde comme la mort de sa maman ou l'importance de la crédibilité.

Je continuerai bien sûr à te porter des fleurs au cimetière mais je ne remplirai plus de pages pour chercher à savoir ce que je pense. Ça ne sert à rien vu que le Bon Dieu le fait à ma place et que de toute façon je vogue au gré de son inspiration.

Maintenant je sais que Lui et moi c'est pareil et qu'il se réalise grâce à moi comme moi je me réalise grâce à lui, mais la vraie nouveauté c'est qu'il s'occupe de moi et qu'il me surveille avec beaucoup de sérieux, et moi aussi évidemment.

Il ne m'a promis ni l'Immortalité ni la Postérité, mais il fait en sorte que je ne sois plus seul sur terre et c'est bien ça le plus important. Il m'a envoyé Galipsina pour que nous nous aimions et il va aussi m'accorder une descendance qui serait d'après les échos une fille, mais je préfère ne pas en parler parce que c'est un vrai miracle et que les miracles sont fragiles. C'est pourtant le plus beau cadeau de Noël que j'aie jamais eu de ma vie.

D'ailleurs ça a été tout simplement le plus beau Noël de ma vie…

Les gens s'étaient rassemblés devant l'église des Innocents qui est juste à côté de chez nous. Il y avait des malheureux de l'asile et de la cité, et aussi des gens qui ont de jolies maisons mais peut-être un peu vides. En arrivant, je suis tombé sur Jean-Louis et Mouloud du Café des Sports. J'en revenais pas qu'ils soient là et eux ils en revenaient pas de voir Galipsina si jolie et si lumineuse accrochée à mon bras. J'ai fait les présentations mais Galipsina était trop concentrée sur la Nativité pour avoir la tête à causer.

Vers les onze heures, on est entrés dans l'église qui était sombre et glaciale. La petite marchande de briquets a couru de cierge en cierge et a tout allumé. C'était très beau et ça sentait rudement bon, mais malheureusement il n'y avait ni curé, ni messe de minuit. Galipsina en a frémi de colère parce que chez elle toutes les églises marchent le soir de Noël, et puis ça a été le silence gêné avec personne pour dire quelque chose.

Le monsieur de l'orgue continuait à s'installer, il s'emmêlait un peu parce qu'il avait apporté plein de nouveaux chants et que c'était la pagaille dans son panier. Galipsina a tenté de réciter un « Je vous salue Marie » avec une solennité toute polonaise, mais ça n'a pas suivi dans le public. Finalement le monsieur a été prêt et la musique a commencé à résonner sous la voûte. Tout le monde en a frissonné même le couple juif de la rue des Cèdres et la dame indienne qui a le point rouge entre les yeux. Les notes étaient à la fois fortes et fragiles, elles titillaient nos âmes étonnées et les flammes des cierges semblaient vaciller en mesure. L'église était magnifique et nous nous sentions vraiment ensemble. On s'est mis à chanter les tubes que finalement tout le monde connaît même les athées ou ceux des autres religions, comme par exemple *O douce nuit* ou *Il est né le divin enfant* ou encore *Un jour Lara*. On a chanté plus d'une heure en se donnant la main, seulement entrecoupé par des instants de recueillement quand il fallait recharger les plaques. Certains priaient, d'autres se figeaient, d'autres encore souriaient avec tendresse, mais tous offraient leur meilleure présence.

Plus tard on a amené comme prévu du vin chaud à la cannelle et des châtaignes à l'entrée de l'église. On a tout disposé sur des tables que nous avait prêtées Monsieur Sicre d'Arnaud Bernard. Tout le monde bavardait et semblait heureux de proposer un verre plein à son voisin. Bien sûr le vin chaud monte vite à la tête et délie les langues, mais il est normal qu'il y ait de la gaieté les soirs de fête. On a dit des choses un peu bêtes mais pas méchantes puisqu'il faut bien rire de temps en temps, et puis il faut savoir qu'un peu d'ivresse ne fait pas de mal en passant.

C'était un moment très simple et malgré le froid qui s'installait, personne n'avait envie que s'achève ce beau soir de Noël qui ressemblait enfin à un Noël. Vers une heure, il y a eu des flocons de neige qui se sont mis à tomber, c'était magnifique et Galipsina s'est précipitée dans mes bras pour me remercier de ce beau cadeau. J'ai pas compris en quoi j'y étais pour quelque chose mais j'ai préféré ne rien dire.

Certains ont suggéré d'aller se réfugier au Château juste pour rester ensemble encore un peu. J'en avais bien envie aussi, mais j'hésitais parce qu'ils étaient tous un peu ivres, et j'imaginais mon Créateur, là-haut dans son bureau, en train de se frotter les mains en pensant à la belle scène où tous vomiraient en chœur sur les fauteuils et les tapis…

J'ai cependant fini par courir le risque d'avoir à tout nettoyer. J'ai ouvert le Château et allumé les lustres. Il t'aurait fallu voir comme ils étaient fiers et émus de s'asseoir sur les beaux canapés de velours et de s'appuyer sur les guéridons. Les bûches crépitaient dans la cheminée, même ceux qui ont déjà tout ça appréciaient ce moment de sérénité. Madame Béatrice était toute grisée d'avoir Julien et Patrice pour lui faire la cour, tandis qu'Ariane n'en finissait pas de se mirer dans les grands psychés de l'entrée. Les discussions allaient bon train, on a servi du thé et du café avec du sucre, et tout le monde s'est très bien conduit. Aucune tasse en porcelaine n'a été cassée et personne n'a vomi parce qu'il suffit souvent que les choses de la vie ne soient pas racontées pour qu'elles semblent n'avoir pas existé.

Je me suis mis dans un coin et je les ai regardés sans parler. Ils avaient l'air heureux et je me disais que j'avais tout ce que j'espérais depuis dix ans comme le travail à durée indéterminée et une jolie épouse pour la vie, mais que la vie ne vaut rien si on a pas les autres gens autour de soi, et que c'est pour ça qu'il faut bien prendre soin d'eux.

Je sais que mon bonheur grandit quand je le partage, et je sais aussi que les vrais gens sont plus émouvants que ceux qu'on nous montre à la télé. Au café des Sports tout le monde préfère compatir avec les grands malheurs d'Afrique ou du Ruanda parce qu'ils sont loin et qu'ils mangent pas de pain, mais moi je pense que c'est mieux de s'occuper de ses parents, de ses voisins, de ses collègues et de son quartier qui est autour et que ça suffit bien. D'ailleurs je suis persuadé que si chacun était simplement gentil avec les gens qu'il connaît, la vie sur terre serait plus facile mais bien sûr ce n'est qu'une idée à moi.

Voilà ma chère maman, je vais t'embrasser très fort et je vais désormais vivre pour ma petite famille et aussi pour accompagner et soutenir ce Bon Dieu qui en a tant besoin.

Il m'a écrit avec application et dévouement une jolie fin digne d'un conte de fée. Je ne sais même plus comment le remercier. Je le vénérerais bien cinq ou six fois par jour, et même à toutes les heures, avec des ablutions et des génuflexions mais je crois qu'il aime pas ça. En fait je vais simplement continuer à lui parler car on a tous besoin d'un compagnon dévoué, surtout quand on vieillit, et même à lui ça ne va pas manquer de lui arriver tout Bon Dieu qu'il est.

Dans quelques semaines, je connaîtrai ma petite Joséphine. Je t'en parlerai en t'amenant des fleurs au cimetière, mais je ne t'enverrai pas de faire-part parce que je sais bien que là où tu es, on ne reçoit pas les lettres des vivants qui ne sont de toute façon pas si importantes qu'on croit.

Je t'embrasse très fort.

Barthélémy.

MAIRIE
DE TOULOUSE

République Française
Liberté Égalité Fraternité

Service de l'État Civil

PARPOT
n° 00514/03

Le vingt mai deux mil un, à deux heures trente-sept minutes, est née 16 rue des Cordonniers : Joséphine, Antonia du sexe féminin, de Barthélémy PARPOT, né à Béziers (au registre 367/590614 de l'Hérault) employé de gardiennage, et de Galipsina Maria WALENSKA, née à Varsovie (Pologne) le 3 décembre 1977, sans profession, domiciliés à Toulouse (Haute-Garonne), au 235 de la route de Seysses, qui l'ont reconnue le 16 mars 2001 en cette mairie.

Dressé le 21 mai 2001, à 15 heures douze minutes, sur la déclaration du père qui, lecture faite et invité à lire l'acte, l'a signé avec Nous, Rachida MEBAHIAH, Fonctionnaire de la Mairie de Toulouse, Officier de l'État Civil par délégation du Maire.

Certifiée la présente copie conforme selon procédure informatique par Nous, Fonctionnaire Municipal Délégué.

Toulouse le 21 mai 2001

R. Mebahiah

Imprimerie France Quercy - Cahors
N° d'impression : 40372/
Dépôt légal : mars 2004
N° d'éditeur : 330